譯者
即
叛徒？

從翻譯的陷阱、多元文化轉換、翻譯工作實況……資深文學譯者30餘年從業甘苦的真實分享

eEngl'shE

Eddie Song
宋瑛堂●著

臉譜書房 FS0158

譯者即叛徒？
從翻譯的陷阱、多元文化轉換、翻譯工作實況……資深文學譯者
30餘年從業甘苦的真實分享

作　　　者	宋瑛堂
編 輯 總 監	劉麗真
責 任 編 輯	許舒涵
行 銷 企 劃	陳彩玉、陳紫晴、林詩玟
封 面 設 計	木木Lin

發 行 人　涂玉雲
總 經 理　陳逸瑛
出　　版　臉譜出版
　　　　　城邦文化事業股份有限公司
　　　　　台北市民生東路二段141號5樓
　　　　　電話：886-2-25007696　傳真：886-2-25001952

發　　行　英屬蓋曼群島商家庭傳媒股份有限公司城邦分公司
　　　　　台北市中山區民生東路二段141號11樓
　　　　　客服專線：02-25007718；25007719
　　　　　24小時傳真專線：02-25001990；25001991
　　　　　服務時間：週一至週五上午09:30-12:00；下午13:30-17:00
　　　　　劃撥帳號：19863813　戶名：書虫股份有限公司
　　　　　讀者服務信箱：service@readingclub.com.tw
　　　　　城邦網址：http://www.cite.com.tw

香港發行所　城邦（香港）出版集團有限公司
　　　　　　香港灣仔駱克道193號東超商業中心1樓
　　　　　　電話：852-25086231或25086217　傳真：852-25789337
　　　　　　電子信箱：hkcite@biznetvigator.com

新馬發行所　城邦（新、馬）出版集團
　　　　　　Cite（M）Sdn. Bhd.（458372U）
　　　　　　41, Jalan Radin Anum, Bandar Baru Sri Petaling,
　　　　　　57000 Kuala Lumpur, Malaysia.
　　　　　　電話：603-90578822　傳真：603-90576622
　　　　　　電子信箱：cite@cite.com.my

一 版 一 刷　2022年12月

城邦讀書花園
www.cite.com.tw

ISBN　978-626-315-212-0
售價：NT$ 380

目　次
contents

Part 2 | 譯者的罪與罰

Part 3 | 莫忘譯者如意少，須知世上語言多

Part 4 | 「譯」世界的職場現形記

序

　　考輔大翻譯研究所失利，是我職涯最大的收穫。這可不是唱衰翻譯學位。

　　那次挫敗之後，我反省再三，判定自己文筆過於花稍，太賣弄，所以不受考官青睞，畢竟，翻譯最忌諱強出頭、喧賓奪主。之後，每次我口譯，或敲鍵盤提筆譯寫，無不記取輔大落榜的教訓，字字都以傳遞訊息為重，文采留給自己寫日記盡情發揮。台大外文畢業有啥用？連輔大都不收。

　　當完兵，進英文報工作，然後遠走美加，我

陸續認識各國譯者，交換心得發現，無論是文學或非文學，英翻中譯者多數側重精準務實，以忠於原著為依歸，但在文學方面，西方譯者更重視藝術表現，以風格取勝，在忠實和美感之間無法兩全其美時，往往不惜違背原文的字義。特別在我開始駐村後，我接觸到的西方人以文學譯者為主，對原作忠心耿耿的我被渣男心態潛移默化，偶爾效法義大利人「翻譯即背叛」的觀念，為貼近中文用語，擅自加味，把無關「怨」的 no regret 翻譯成「無怨無悔」，雖對不起作者和讀者，但個人成就感激增，也能暗自貼上 artist 的標籤，親嚐身為藝文創作者的滋味。身為英翻日譯者的村上春樹都曾表示，文學翻譯也是一種創作。作品被譯成外文，作者就換人了。

　　然而，背叛這種事會愈做愈理直氣壯。我在鍵盤上馳騁爽譯之餘，常不得不懸崖勒馬，再以輔大落榜為警惕。譯筆太炫，把原作的「關門」揮灑成「踹門」，把主角內心掙扎刻劃成奇葩臉，中譯比原

版多一分鮮活，雖能討好部分不懂原文的讀者，卻也愧對自己的語言專業。

30多年的翻譯路上，我的左半腦是土包，右半腦是騷包，初期以左腦帶隊齊步走，中期讓右腦領銜大跳鋼管舞，有時被笑老土，有時被罵翻錯，常左右不是人，因此不時掀開顱骨，找這兩邊談判、折衷、取捨，迸發出一場場激辯，在博客來Okapi專區衍生出《宋瑛堂翻譯專欄》一篇又一篇文章。

在北美住久了，我常告誡自己不能美國本位，英文不等於美語，英語系國家眾多，加拿大和紐澳英語有差，新加坡講Singlish，英式英語同字不同義的陷阱更多，所以我藉corn字抒發感思，明辨英國版哈利波特和美語版的用詞，細數語文裡有哪些貌合神離的損友值得戒慎，斤斤計較中英文顏色對譯的色差現象，信實第一。

主張正確至上的讀者可能會反問，忠實原文有什麼不對？講難聽一點，讀者買譯本是衝著原作的大名，又不是在捧宋某人的場，譯者乖乖呈現大

作家的原汁原味就好，幹嘛咋咋呼呼。奈何，太忠實也是譯本的一大致命傷。信實翻譯的小問題是不分青紅皂白直譯，貴族家裡的park被貶值成公園，artist一律藝術家，新顏色的命名權被英文奪走，green bean機械式誤譯成綠豆，直譯導致以訛傳訛，前人怎麼翻就照著翻，反正中文意思到就好，譯者沒撥亂反正的能耐，只能冷眼看無風的ice storm繼續被誤譯為冰風暴，不是杏子果實的almond繼續當杏仁，《挪威的森林》（ノルウェイの森）是日文創作，和披頭四的縱火狂名曲早已脫鉤，紅瓦黃牆的溫暖古城被譯成翡冷翠，美歸美，但去實地一看，心都冷掉半截。

有人認為過度忠實的最大問題在於翻譯腔，但也有人覺得，某些文類帶翻譯腔才夠味，是譯者風格的一環。只不過，英文常用must, have to, need to來強調中文的「要」，但這些英文助動詞的語氣是「非要不可」，有一分強求，直譯成「必須」，少一分委婉，會不會因東加西減而失真？一萬字裡，中

文「必須」、「需要」出現一百次，是否釀造出比翻譯腔更嚴重的失衡？

遇到這一類的高頻字，或愛用某些字的作者，譯者可酌情調整，例如英文的 but 有時在中文可有可無，surprised 可用「竟然」替代，of course 不一定是「當然」，經典名著裡的歧視字眼也可從角色定位來判斷該不該直譯，但如果高頻字屬於原作風格一部分，例如 mechanical 能呼應作者勞倫斯那年代的產業變遷，譯者就不能嫌他囉唆，或怕挨讀者罵，應該據實照翻，一個字也不能改。

在重表現的西方譯者耳濡目染下，我省思自己太老實的一面，原作者是個文青，遣詞新穎，我也該模仿華文界新進作家的用語，但下筆時的首要考量仍舊是，用這詞會不會被誤解，目標讀者群會不會被太深奧的用語考倒，西洋典故要不要加註釋，本土化會不會出戲，這人物的言語適不適合加重翻譯腔。

有些原作筆法清冷平實，忠實翻譯不難。海明

威《老人與海》(*The Old Man and the Sea*)開篇第一句,整句乍看躴躴長(lò-lò-tng,落落長),但詞彙和句型簡單,用字以單雙音節為主,節奏和神韻深藏在行文的輕巧步調裡,給讀者自行去推敲冰山底下的壯麗景觀。

He was an old man who fished alone in a skiff in the Gulf Stream and he had gone 84 days now without taking a fish.

譯者假如看在文學大師份上,想比照規格,也想把握良機表現文采,所以來個妙筆生花,把冰山上下顛倒過來,全都露給讀者看光,海爺爺恐怕會氣得從愛達荷州的小墓園爬出來棒打超譯。不懂原文的讀者見以下這些中規中矩譯法,會不會因不識海明威風格,而譏諷其中幾個「讀不出大師的格局」?

- 他是一個老頭子，一個人划著一隻小船在墨西哥灣大海流打魚，而他已經有84天沒有捕到一條魚了。

- 他是獨自在灣流中一艘小船上捕魚的老人，到目前為止已經84天沒捕到一條魚。

- 在墨西哥灣暖流裡的一條小船上，有這麼一個獨自捕魚的老人，他在剛剛過去的84天裡，連一條魚都沒有捕到。

- 他這個老人，獨自划船在灣流上捕魚，已經84天沒有漁獲了。

- 那老人獨駕輕舟，在墨西哥灣暖流裡捕魚，如今出海已有84天，仍是一魚不獲。

- 他是一個獨自在墨西哥灣流小船上釣魚的老人，已經84天沒有釣到魚了。

- 他是個獨自在墨西哥灣流中一條小船上釣魚的老人，至今已去了84天，一條魚也沒釣到。

　　其中兩者是免費線上翻譯，用字甚至比人工譯者更精準，讀者不妨順便幫機器打分數，反思譯者將來何去何從。

　　筆譯不能摀耳朵閉門造書。我力求讓原作的語音還原。有聲書是我工作時的小幫手，帶我出走，伴隨我神遊母語人士的年代和場景，重現詩詞的節拍，最起碼能教我正確發音。說實在話，誰喜歡被喊錯名字呢？虛構的角色亂翻一通就算了，真名我都照當事人母語發音。即使做小語種的二手翻譯，例如瑞典驚悚小說《霧中的男孩》（*Skumtimmen*），我也先用Duolingo認識一點基礎瑞典文，並且用英文和作者確認故事裡的地名典故、飲食、角色衣物。

　　重視語音之外，我也注重直擊源頭。經過法蘭岑事件的教訓，跟作者交流成了我譯後必做的功課。有些譯者覺得，大文豪那麼忙，不應該去信打擾人家，但我認為，不懂就問，是對讀者和作者最基本的尊重。遇問題，我先問母語人士，多問幾個

如果意見不一致，我才發信給作者。會不會石沈大海，會不會被作者嫌笨，那還在其次。故事前後矛盾、驢驟不分、角色錯置，質疑的箭頭一定指向譯者。一本300頁的書，假設譯者本身粗心漏句、看錯英文、打錯字、會錯意、沒看懂笑點、知識不足、欠通順，總計凸槌200次，被編輯銳眼揪出180個，而編輯因疏忽或認知不同也產生五個瑕疵，如果不問作者而誤解再加五個錯，總共錯30處，相當於每十頁出一次紕漏，讀者會不會笑死？何況，發問還能幫作者抓蟲，有些作者感激都來不及了。如果作者不回，以無言的舉動為譯本背書，等於默許譯者自由發揮。

　　視線周旋在紙本和電腦之間，譯寫是一項寂寞的差事，不過，思想可一點也不寂寞。向達人討教、參加文學譯者年會、駐村和各國譯者集思廣益，都是一場場心靈饗宴。在美國，住在圖書館借閱率僅次於紐約市的書香大城波特蘭，我能常跟朋友鄰居談英文書，天天都吸取新知，貼近母語人士

的語境，彌補我和英文相見恨晚的缺憾。在英語國家住再久，非母語成年人就算英語琅琅上口，英文寫作就算能面面俱到，嘴巴一開，必定被口音洩底，終身非母語人士。我期許自己永遠耐不住好奇心，見好就學，從俗之餘不忘能改就改，避免一錯再錯的誤譯，文筆要與時俱進，不斷摸索創新，從錯中學習。適度講求風格不是自我膨脹。奉忠實為本的美才是文學翻譯的要素。

筆名思果的翻譯家蔡濯堂認為，譯者最大的敵人是英文字。他主張「譯意，譯情，譯氣勢，譯作者用心處。」換言之，拘泥字面只會害譯者誤入死衚衕。心隨原文走，才對得起讀者和作者賦予的使命。

也才對得起書封上的譯者姓名。以2021年美國圖書獎翻譯項目為例，提名十本作品當中，在封面上找得到譯者姓名的只有五本，而且字體渺小，見不得人似的。更扯的是，很多英文讀者甚至到現在還不知《龍紋身的女孩》（*The Girl with the*

Dragon Tatoo）是瑞典小說《厭女的男人》（*Män som hatar kvinnor*）的譯本。能和作者並列姓名的國內譯者應多多惜福才是，大方向該掌握，枝節眉角也不能輕忽。

　　本書集結的文章全來自一個小譯者進雙語森林裡闖蕩的心得感想，不深究理論，意圖不高不遠，非必要不引經據典，避談空泛氤氳的精氣神，只盼每一則文章能給讀者至少一丁點實質收穫。像輔仁研究所送我的那份厚禮一樣。

Part 1

作者已死？！

作為「靈媒」的譯者如何通靈詮釋

1

譯者不能怕被作者嫌笨

2013年，強納森·法蘭岑（Jonathan Franzen）前來波特蘭演講，會後，主辦單位安排我和他見面。話沒兩句，文豪就問我，你翻譯《修正》（*The Corrections*）時，怎麼沒聯絡我？我「呃──」了幾聲，以「趕稿沒空」搪塞，急忙話鋒一轉，兜向法蘭岑最健談的賞鳥話題。

翻譯遇到自己查不清問題，我總是先找幾個英文母語人士討論，喬不出共識，才向作者求救，不然作者打開電郵一看問題一大串，極可能乾脆來個

冷處理。法蘭岑問題容我先賣個關子。

　　在輕取文學大獎的輕小說《分手去旅行》（*Less*）裡，主人翁亞瑟回想前男友霍華德（Howard）個性隨和，廚藝也棒，可惜床第間太愛發號施令：「捏那裡……摸那邊，不對，高一點……再高（higher）！」事隔六年，兩人在紐約偶遇，第三者為他們拍照時，霍華德叫他再拍一張，相機「高一點……再高，再高！」亞瑟這才豁然想起「Howard」。我認為 Howard 和 higher 發音有點類似，是作者暗藏的笑點，所以我考慮為他改名「史高特」。我先後找四人討論過，正反意見各兩票，最後才請作者安德魯·西恩·格利爾（Andrew Sean Greer）裁決。他說，取名霍華德的本意與「更高」無關，但如果中文能改得幽默就改吧！為忠於原著，我依樣霍華德。反正就算改成「史高特」，中文讀者也未必特高興。然而，在寫這篇文章的同時，我回頭再讀一遍作者回信，發現信裡頭他說，「幽默在翻譯時鮮少能面面俱到，所以如果

遇到兩難時，就以詼諧為重。」如此看來，作者以兩票支持我，我後悔當初沒改用史高特。

　　改與不改，有時候由不得譯者。在《緘默的女孩》（*The Silent Girl*）中，醫學懸疑天后泰絲‧格里森（Tess Gerritsen）中西合璧，題詞引用《西遊記》英譯本，一語直摳譯者心中永遠的痛。譯完故事全文後，我為了開頭這句，拿著翻拍再翻拍的粗顆粒古照，栽進吳承恩的時空，在火焰山和女兒國尋尋覓覓，跋涉到天竺邊境還是找不到原文，深入節譯版的英譯更像鑽進水簾洞伸手不見五指，只得向作者求救。

　　讀者或許覺得，照原作直譯不就好了嗎？既省事，又符合忠於原著的原則。麻煩在於，作者在書中屢次援引美猴王，並提及武術，也提到「Chen O 的故事」，我磕磕絆絆之下查到第九回〈陳光蕊赴任逢災〉，英文完全符合《西遊記》，所以才確認身為華裔的泰絲沒有瞎掰，小語種的譯者怎敢便宜行事？由於我在翻譯《祭念品》（*The Keepsake*）時

請教過泰絲，和她已建立默契，我譯完《緘默》的初稿才再向她請教題詞的出處。她回答說，她參考 Arthur Waley 譯本第 18 章的第 3 頁，為求精簡有力而刪改過。我查到第 22 回，總算才在流沙河找到變裝再易容的四不像，我只好照明朝古文斟酌拼湊原貌。

　　入行之初我覺得，向作者發問，不怕自曝其短嗎？作者見我這麼笨，該不會向經紀人告狀，要求出版社換譯者？但是，有些書錯別字多如夏蚊（「槍準心」寫成 site，「位置」寫成 sight），試閱本裡出現亂碼，電子稿前後文不連貫，紙本書一版再版還有錯，紀實文學裡親屬繁雜，譯者自由心證亂翻，責任誰負？一兩年後，我翻譯到醜小鴨變天鵝的回憶錄《宙斯的女兒》（*Change Me into Zeus's Daughter*），直覺作者芭芭拉・墨斯（Babara R. Moss）個性親和，於是厚起臉皮和她搭上線，談得很投合，編輯知道後，也叫我從加州電話專訪她，請她暢談手足們如何看待她將家醜公諸於世。有了

這次體驗，我明白作者不是想像中那麼高不可攀，作家能拓殖讀者群，放煙火慶祝都來不及了。從此，我特別在交稿前騰出一星期，以充分和作者溝通。

讀者或許以為，大牌不太可能理會小譯者吧？我曾同時聯絡兩書作者，一本是談企業組織學的《創意無限公司》（*Creativity, Inc.*），另一本是《斷背山》（*Brokeback Mountain*），哪位作者先回我信？安妮‧普露（Annie Proulx）不但在一小時內

譯者與普露在波特蘭演講會後相見。

閃回詳解，多年後更在波特蘭演講臺上，對1000多名觀眾稱讚我問題問得好。《創意》作者是新人，我發給他的電郵從此遁入0與1的虛空，他至今當了16年的新進作家。

以我的經驗，新人讓我吃閉門羹的比例偏高。有一次，我翻譯一位和我有地緣關係的當紅新作家，上網找到她的部落格，立刻以譯者身分發電郵向她打招呼，沒等到回音，卻被編輯狠削一頓，不准我再聯絡這作者，日後通訊一律透過編輯和經紀人轉交。新人反而更跩的原因是什麼，我在此跪求答案。

一竿子打翻所有新人也不厚道。作家瑟芮・哈維森（Seré Prince Halverson）以親情小說《幸福的抉擇》（*The Underside of Joy*）初試啼聲，曾上部落格發文提到已賣出多國翻譯權，樂不可支，想問中譯者如何翻譯「高興到詞窮」。即使是影帝湯姆・漢克斯（Tom Hanks）擔綱的《怒海劫》（*A Captain's Duty*）原著，船長理查・菲利普

（Richard Phillips）雖不是執筆人，卻也盡心為我闡明書中親屬的稱謂。探討9/11紀念碑爭議的小說《穆罕默德的花園》（*The Submission*）作者艾米・沃德曼（Amy Waldman），和我交流前後長達一個月，逐一澄清對照新舊版本的歧異處，連第二頁18呎的圍牆都長高9呎，她也詳述緣由。

　　不厭其煩為我釋疑的知名作家也不在少數。紀實文學名家蘇珊・歐琳（Susan Orlean）曾在洛杉磯書局辦《蘭花賊》（*The Orchid Thief*）簽書會，我到場跟她認識，她為答謝我曾幫她抓出書中的一個瑕疵，當場簽名送我巨幅壓克力海報。從《惡魔的淚珠》（*The Devil's Teardrop*）起，懸疑大師傑佛瑞・迪佛（Jeffery Deaver）多次回覆我的疑問，更在前來波特蘭打書時請我吃午餐。奇女子尋父小說《霧中的曼哈頓灘》（*Manhattan Beach*），作者珍妮佛・伊根（Jennifer Egan）百忙中抽空為我解惑，主編嘉世強也是她的書迷，讀完譯稿後請我代為再問她兩個問題，她以Jenny自稱，我回信時也

譯者與伊根在波特蘭演講會後合照。

改稱呼她Jenny，每次發問都不禁臉紅一下下。

　　碰軟釘子的例子也不是沒有。2004年翻譯到美國夢幻滅的《美國牧歌》（*American Pastoral*）時，我以傳真請教文壇巨擘菲利普‧羅斯（Philip Roth），他以打字回覆並附上親筆簽名，比電郵多了一分真摯。後來我從編輯得知，羅斯在美國另請

中文譯者逐句審核我的拙稿，幸好過關了。據說，
羅斯也曾嫌法文譯者的筆法有別於原著的韻律，譯
者當場反駁：「我只能盡全力貼近原文」。是作者
嫌我的問題太蠢，或他對譯者一概不信任？我只能
說，我盡力而為了，感謝他在世時為我的譯稿背
書。

　　直擊作者的筆譯員其實比比皆是。法文譯者陳
太乙曾表示，圖文作家普拉斯（François Place）作
品裡的奇幻並非天馬行空，多數有所依據，「翻譯
時我常會擔心是否漏了字句裡埋藏的影射。還好

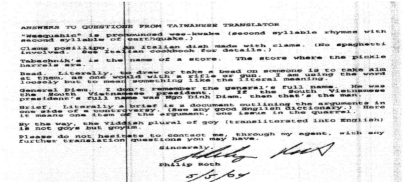

羅斯傳真

普拉斯很親切，我可以透過e-mail詢問他。」《長崎》（*Nagasaki*）作者艾力克・菲耶（Eric Faye）知道她正在翻譯他的其他作品，甚至常主動問她有沒有問題：「難道沒有問題要問嗎？」譯者施清真和普立茲文學獎《樹冠上》（*The Overstory*）作者理查・鮑爾斯（Richard Powers）亦師亦友，而且翻譯安東尼・馬拉（Anthony Marra）的《生命如不朽繁星》（*A Constellation of Vital Phenomena*）後，不僅與馬拉成為互相拜訪的好友，更獲得馬拉之邀，帶著美金和台幣的紅包去參加他的婚宴。

　　我翻譯法蘭岑時，截稿日期確實是迫在眉睫，但我沒聯絡法蘭岑的真正原因有三，主要是網路論壇對他作品的討論甚多，我有疑問能加減參考，其次是，在我翻譯時，《修正》已有11年歷史，作者當時正忙著推銷近作《自由》（*Freedom*），我估計他無暇反瞻舊書。最後一個原因是，電郵透過兩國編輯、版權代理、作者經紀人接力傳遞，等我接到答案時，譯稿早已碾過截稿線。然而，在演講會

後，我當面被他那麼一問，汗顏想起，法蘭岑本身是德翻英的文學譯者，而我翻譯那幾個月期間，我連最起碼的「哈囉」都沒有，如今再怎麼推託也是枉然。在同業的面前穿幫，我感到無地自容，比被作者嫌笨更慚愧，今後自我期許哪怕是提問石沉大海，或被美女新作家當成怪叔叔，只要作者仍健在，我不會再託辭省略請教作者的這項功課。

2

譯者不僅是代理孕母，
還要幫忙「抓蟲」

　　驢子和騾子同框站，你分得出哪隻是驢嗎？老實說，如果有匹小馬亂入，我會以為三隻都是馬。超現實拓荒小說《淘金殺手》（*The Sisters Brothers*）裡本來有這kuso橋段，被我砍掉了——更正：中譯應作者要求而修改。

　　淘金兄弟檔槍手一路追殺渥爾姆（Warm），標靶近在眼前，故事步調加快，有人目擊渥爾姆牽著兩頭騾子，敘事者伊萊（Eli）也遠遠看見兩頭騾子，兩頁之後又見一群馬和騾子並肩站，再過5、

60頁，卻全變成驢子。我透過編輯和經紀人，聯絡上作者，闡述我的想法：驢騾品種相近，遠距分不清楚，伊萊追上渥爾姆之後，才認出兩隻都是驢子，所以這是作者刻意營造的矛盾。然而，我聯絡上作者派崔克‧德威特（Patrick deWitt）後，他坦然承認「失察」，請譯者把騾子統一改成驢子。

患難見真情的《絕處逢山》（*The Mountain Between Us*）裡，男主角錄音給妻子聽，從頭到尾都稱呼「妳」，其中卻靈異冒出一個「她」，難道是小三？我透過官網請教作者查爾斯‧馬汀（Charles Martin），他回答要我改成「妳」。男女主角品嚐「蔬菜濃湯」罐頭，竟然嚼到牛肉塊，作者回應說，美國南方有些蔬菜罐頭確實含肉。喔，是我孤陋寡聞。為避免混淆讀者，作者允許我把那一罐改成「濃湯」。他說，「合理就好。」最後他感謝我的銳眼和苦心讓故事更「扎實」。

醫學刑事鑑定小說《祭念品》以現代木乃伊為主軸，以「笨警」自居的佛洛斯特（Forester）聽

專家研判，某具女屍已有2000年歷史，他卻緊接著問專家，「過了兩世紀，照樣能判定死因？」我暗笑，笨警果然是呆瓜一個，但我愈想愈不對，因為他的談吐舉止並沒有傻氣，不太可能誤以為一世紀長達1000年。於是，我透過編輯聯絡上華裔作者泰絲‧格里森，她要我改成「過了2000年」，並且請編輯代轉萬分謝意。

　　紀實文學家蘇珊‧歐琳擅長以小說模式書寫報導，非小說的《蘭花賊》居然也能以劇情片呈現，編劇厲害，但也可見原著的敘事筆法多麼引人入勝。由於《蘭花賊》內容繽紛如花卉百科，因此資料出小錯在所難免。我翻譯到〈植物刑案〉那章，作者摘錄一則竊盜案新聞，發稿日期是7月20日，案子卻發生在7月21和27日。我向歐琳請教，她回信說，這書出版了三年都沒人揪出這隻蟲。

　　暢銷全球三年的英文書都還有錯，那甫定稿、尚未問世的半成品呢？

　　為爭取時效，國內出版社有時搶在國外付梓前

取得電子檔書稿，發給譯者趕工。能領先全世界先讀為快，譯者一定暗爽不已吧？爽的成分是有，但頭疼的機率更高。

在小說《以你的名字呼喚我》（*Call Me by Your Name*）結尾，時空快轉15年，令讀者意猶未盡，無不想再瞭解艾里歐（Elio）和奧利佛（Oliver）的近況。千呼萬喚之下，作者終於起草續集《在世界的盡頭找到我》（*Find Me*）。在2019年4月，我收到原稿，趕在全球書迷之前尋獲艾里歐和奧利佛，也瞭解艾里歐父親的舊愛新歡。我在稿子裡讀到作者請編輯酌情刪修的幾段，於是決定暫時擱置這版本，先不要翻譯。同年5月，我收到尚未校對的作者定稿，動筆到了6月，編輯徐凡再轉寄修訂後的書稿給我。8月我接近完工時，又來了一份PDF定稿版，比對之下，見英文編輯置換一些高頻字，原本只有上引號的地方增添下引號，對話時米蘭達（Miranda）連續講兩句的地方合併為一句，交往六個月改成四個月，其餘大同小異。但是，異

再小，也能為譯者產生天大的困擾。高頻字多惱人，請參閱第6章。引號有上無下，令人讀了一個頭兩個大，何從下筆呢？《在世界的盡頭找到我》譯本的目錄羅列：1〈節拍〉、2〈華彩樂段〉、3〈隨想曲〉、4〈返始〉，起承轉合都有，但我收到的電子稿裡，這四字是義大利文，字體和內文同樣小，我最後在8月收到定稿，才知道是章回的標題，那時我的翻譯已接近尾聲，頭疼已釀成宿疾，止痛藥來得太晚了。譯者問，作者不回，原文頻頻改，譯者鬃毛催。

　　以一本書而言，除了作者以外，投入最深刻的人莫過於譯者。我常聽同業比喻譯書為生養小孩，我倒認為自己的角色較近似代理孕母。代孕期間，產科醫師若診斷胚胎先天有缺憾，可剖宮取出胎兒醫治，矯治後再植回子宮繼續孕育。驢騾不分，喝蔬菜濃湯咬到牛肉，1000年等於一世紀，版本千變萬化，這些全是藥到病除的小症狀，孕母求醫是舉手之勞，是應盡的本分。自己手滑、眼殘、才疏

學淺鑄成的錯誤本來就多，譯者把別人的小孩生壞了，不但對不起作者，拖垮編輯群，更會連累廣大的讀者，譯者豈能自我原諒？

3

有聲書是一座通靈密道

　　有聲書在我翻譯過程佔有一定的地位。有一次，我應邀向台大翻譯學程學生談文學翻譯實務，有人舉手問：聽有聲書翻譯，詮釋權不是會被朗讀者奪走嗎？我心裡想，譯文全是我用十指叩叩叩敲出來的，詮釋權當然握在我手中，但我當下愣住，傻眼無言。我大可當場簡單回一句：我工作時完全照紙本翻譯，不受朗讀者影響，但朗讀者、作者和譯者的糾結不是三言兩語能闡明的。

　　不聽有聲書的讀者可能以為，有聲書是紙本

的副產品，對譯者或讀者都是可有可無。但有些時候，有聲書地位更勝紙本，特別是在作者親述的時候，語音能營造一份白紙黑字較難傳達的情境。以文壇怪傑喬治‧桑德斯（George Saunders）的短篇小說《十二月十日》（*Tenth of December*）為例，男孩羅賓（Robin）想像自己和NASA隔空對話如下：

> 我們知道，羅賓。合作這麼久，我們很清楚你行事多麼草率。
> 比方說你登陸月球那次放一個屁。
> 比方說，你那次計誘梅爾，害他說……

這三句全是NASA對羅賓的發話，但在兩個「比方說」之前，作者朗讀時各加一個ㄔ音，以表達無線電通訊的起點，能為行文再添一許詼諧。此外，桑德斯筆下人物的用語各有各的特色，由他本人詮釋是不二人選。曼布克獎得主《林肯在中陰》

（*Lincoln in the Bardo*）裡角色多達166種，桑德斯不僅邀請影視巨星和知名作家一同朗讀，連妻小和友人也躍上有聲書版，輪流串場表彰熠熠生輝的人性，劇力和臨場感能為紙本加分無數。

　　但在朗讀者非作者的情況下，譯者聽有聲書，難道不會被雜七雜八的聲優牽著鼻子走嗎？首先，以英文圈而言，有聲書的朗讀者以專業聲優為主力，多數是知名度高低不等的演員，廣電播報員也不在少數，英文非母語的譯者聽了只可能利多於弊，而內容來源多一個角度，也有助於突破譯者盲點，對中文版的讀者不啻為福音。更何況，在我進入實地筆譯的階段，有聲書靠邊站，工作全以紙本為依歸，不受朗讀者擺布。

　　我分階段說明一下我譯書的流程。在缺乏有聲書助陣時，例如翻譯到小眾冷門書、圖像文學、或只有試讀版時，我全書前後總共讀紙本五遍。

　　●頭一輪，我照一般讀者閒閒讀，捧著書遊山

玩水、泡咖啡館、流連樹蔭下，邊讀邊留心哪裡有伏筆，步調在哪裡蹉跎，在哪裡緊湊，哪些用詞刻意模糊，寓意何在，但我在這階段不動筆，不畫線加記號，只體驗讀者純欣賞的心境。

- 讀第二次，我進工作室，分段落詳閱，只預習明天翻譯的幾頁，同時勤查字典，廣蒐資料——因為我不是萬事通，更非超譯者。

- 第三次，在工作室，我邊讀紙本，邊敲鍵盤，回憶初體驗，原原本本以繁體中文呈現。

- 全書的初稿完成後，我從頭到尾鉅細靡遺潤飾，相當於再讀全文一遍。

- 最後一次是對照原文，順稿兼抓漏，也統一用語和專有名詞，有疑問一併請教作者。

在這五輪之中，如果加入有聲書，前兩輪和最後一輪的工作可請耳朵代勞，尤其是在審稿階段，

更能省得老眼在紙本和螢幕之間奔波，耗時、費力，又容易看走眼。在第一輪純聽書的階段，我留意的同樣是伏筆、步調、意境，和紙本讀者的體會大同小異，而且實際動筆時看的是紙本，朗讀者對譯文的誘導不多，斷無譯者詮釋權被剝奪的疑慮。

然而，有聲書並非每一本都是譯者的助手。以我而言，最適合聽的是以對話為主的輕小說和懸疑小說，例如《分手去旅行》、《該隱與亞伯》（*Kane & Abel*）、《祭念品》、《消失的費茲傑羅》（*Camino Island*）、《面紗》（*The Painted Veil*）。遇到非小說或純文學或傳記，對翻譯的助力較少，例如《被消除的男孩》（*Boy Erased*）、《間諜橋上的陌生人》（*Strangers on a Bridge*）、《走音天后》（*Florence Foster Jenkins*）、《在世界與我之間》（*Between the World and Me*），總之句子愈長、引經據典愈多的作品，有聲書愈派不上用場。

以批判美國現世價值觀的小說《修正》為例，文壇巨擘法蘭岑惜句點如金，動輒以300字刻劃失

智老人跳接式的意識流，以500多字描寫喪女之慟，聽100遍也無助於翻譯。另外，他描寫嗑藥炒飯的The jismic grunting butt-oink. The jiggling frantic nut-swings.（「騷臀激精吼，卵蛋狂擺跳」）「濕」意盎然，聽起來不覺莞爾，但讀紙本才是正途。反之，像《該隱與亞伯》系列的世家恩仇錄，紙本讀起來欲罷不能，有聲書聽起來也有異曲同工之妙，翻譯時相得益彰。

朗讀者即使不是作者，對譯者也常有意想不到的好處。以二次戰後敵我矛盾氛圍談婚外情的英國小說《情，敵》（*The Aftermath*）裡，駐德軍官的兒子和德國人混熟了，德文愈講愈溜，語言也蔚為與情節同步演進的角色之一，在精通德文的英國電視演員Leighton Pugh演繹下，譯者更能領會立足異國和重建婚姻的雙重底蘊，聲優的功勞不在話下。馬克‧吐溫（Mark Twain）經典《湯姆歷險記》（*The Adventures of Tom Sawyer*）和《哈克歷險記》（*Adventures of Huckleberry Finn*）的朗

讀版，分別由美國影視演員尼克・歐佛曼（Nick Offerman）和《魔戒》（*The Lord of the Ring*）的伊萊傑・伍德（Elijah Wood）擔綱，道道地地詮釋19世紀末黑奴和南方鄉音，活靈活現，等於是引領我這個台南土包子譯者巡航100年多前的密西西比流域。從這角度看，被有聲書牽著走，即使譯者的詮釋權被剝奪一部分，只要能造福讀者，譯者也心甘情願委身幕後，不是嗎？

4

揪你去警匪片場跑龍套
── 國家圖書獎《內景唐人街》翻譯幕後

　　美國是一齣《黑與白》的拖棚影集，一再套用警匪劇的老哏，黑男白女雙警探在片場打情罵俏，互相消遣，眉目曖昧，玩得不亦樂乎，其他演員──特別是亞裔──只有陪玩的份。

　　以台裔作家游朝凱（Charles Yu）的編劇背景，如此截裁美國縮影是匠心獨具的創舉，不愧是大內行，畢竟，提起美國人，你聯想到誰？影迷會說湯姆‧漢克斯，球迷會說麥可‧喬登（Michael Jordan），歌迷會說泰勒絲（Taylor Swift），書迷會

說丹・布朗（Dan Brown），果粉會說提姆・庫克（Tim Cook），總之十之八九的回答非黑即白，絕不會有人想到林書豪，所以好萊塢影視也依循黑白雙元邏輯來選角，而這正是後設小說《內景唐人街》（*Interior Chinatown*）的核心。亞裔再酷帥，演技再精湛，也只能從死屍、路人甲乙丙、基本特約一步步升級，最高只能挺進至施展拳腳的打仔，打不進主戲，沒台詞可唸，始終被定型為跑龍套，衝不出唐人街的疆界，融不進主流，跟主角送作堆是白日夢一場。

國家圖書獎得主《內景唐人街》戲裡戲外虛虛實實，揉合意識流、劇本、解構、內心戲、諷喻等元素，愈往後讀，收穫愈大，身為移民的小譯者我感觸也愈深。故事的橋段有男女主角笑場、臨時演員冒險脫稿、無厘頭法庭攻防戰、男法官出言調戲女檢察官、二二八事件、移民血淚史、華埠散房公寓、美國史上排華法令，全可視為新舊移民與後代真實境遇的寫照。作者畢業於哥倫比亞大學

法學院，曾任企業法務，弟弟Kelvin是科班出身的演員，分別呼應書中「師兄」和「你」（威利斯〔Willis〕）的兩角色，行文以第二人稱敘述，更能烘托「ABC／ABT換你做做看」的冷暖。而You近似「游」的台語發音（iû），給讀者更寬闊的想像空間。

在《內景唐人街》之前，我翻譯過華裔醫學懸疑天后作家泰絲‧格里森幾部小說。泰絲不懂華語，撰寫《緘默的女孩》期間曾參考《西遊記》英譯本，採用部分章節和人名，題詞更引用一句孫悟空的話，出處不詳，我照她的回信對照中文版，尋尋覓覓，上窮碧落下黃泉，還是查不出美猴王金言的原版，最後她才解釋她為求精簡有力，照英譯版修飾過那句話。（詳見：第1章。）

這次我遇到通曉國台語的作者，下筆時更是加倍戰戰兢兢。譯者常遇到英文程度高低不等的客戶，有些會好心指點業界慣用術語，是譯者求之不得的好客戶，但也有些客戶不認為翻譯是一門專

業，不太懂原文卻硬在譯稿上刪來改去，或在口譯進行中頻頻插嘴：Sorry sorry, his meaning isssss⋯you are too over. 所幸，《內景唐人街》作者游朝凱屬於前者。我向他請教問題時，他不但詳細回覆，更強調如此說明「絕無意影響譯本」。書裡，主角威利斯（Willis Wu）的父親名叫Ming-Chen Wu，我翻譯成「吳明琛」，和作者討論時，作者也表示「非常喜歡這選擇」，但他覺得「吳明晨」是不是也可以，只是他不清楚「明晨」像不像真人的名字。我當然尊重原作的詮釋。讀者買到的是「譯者 宋某人」的書，不是「作者 宋某人」。何況，琛和晨，我愈看愈覺得「琛」的台味不夠純。

　　作者游朝凱在書裡用到不少國台語的拼音。我在有聲書版聽到朗讀者名叫Joel de la Fuente，不禁在心裡嘀咕，幹嘛找中南美裔錄製華人作品？聽著聽著，我赫然聽見台語「小心」，大吃一驚，後來更有發音不太標準的「會曉講台灣話」，暗讚這位拉美裔太神了。然而後來，我讀了紙本才發現，

聲優只是看紙本的拼字照唸而已，台語「便當」、「阿公」、「警察有問題」的發音都完全走調，我聽得霧嘎嘎，上網一查發現，他其實是菲律賓裔的演員。可惜這些台語詞彙的漢字都和國語相同，我為了忠實呈現作者書寫台灣話的用心，在其他地方酌情加了四五個台語。但也有幾處，加了台語反而更麻煩。威利斯小時候看父親當眾示範武術，怕爸爸「出醜」，我最先翻譯成「凸槌」，查台語辭典發現是「脫箠」（thut-tshuê / thut-tshê）才對，自我審稿時卻又擔心讀者看不懂，所以最後改「出洋相」。

　　有國台語的地方很容易直譯，破破的英文呢？在《黑與白》劇中，從小生長在美國的ABT威利斯被迫亂講菜美語，以符合劇情的刻板印象。普立茲獎小說《分手去旅行》裡，美國人亞瑟在德國亂飆德語，作者以英文呈現得妙趣橫生，中文版可照老外學中文的句法去翻譯。但在《內景唐人街》裡，華裔故意把美語講爛，我也只能偶爾靠生硬的斷句來表示，同時也在行文裡提及華人腔，因為譯成

「破破的國語」怎麼看也怪。

怪腔怪調的華裔原本在好萊塢是常態。好萊塢向來是華裔沙漠。華裔最早年的代表人物是「神探陳查禮」（Charlie Chan）系列，在1920年代從推理小說躍上大銀幕，找瑞典裔白人反串，在美國蔚為家喻戶曉的傳奇人物。半世紀後，李小龍為華裔打出一片天。進入千禧年，李安導演的《臥虎藏龍》（Crouching Tiger, Hidden Dragon）奠定武俠劇根基，畫面上的亞裔也愈來愈多，近年來更有熱門影集《菜鳥新移民》（Fresh Off the Boat）和《瘋狂亞洲富豪》（Crazy Rich Asians）先後爆冷，BTS躋身熱門音樂天團領域，《尚氣與十環傳奇》（Shang-Chi and the Legend of the Ten Rings）突破疫情重圍，《魷魚遊戲》（오징어게임）更灑狗血驚醒全世界，視聽大眾終於看慣了黃臉孔，流行藝能圈總算開始反映東方人的視角。

影集《神盾局特工》（Agents of S.H.I.E.L.D.）演員、中美混血兒汪可盈曾直指，她原本用Chloé

Wang這姓名去試鏡連番碰壁，後來改姓Bennet，一試就中選，可見好萊塢的運作原理何在。不僅是好萊塢，北美許多行業也存在這條潛規則，甚至連圖書業也不諱言，華人姓名（英文名＋華人姓除外）的作品太「趕客」，理由是，英文讀者普遍認為文化隔閡過大，買回家也讀不下去。

　　我不只一次聽美國人說：「我對台灣一無所知，但我愛吃泰國菜。」以美國各族裔收入水平來看，台裔平均高居第二，僅次於印度裔。台灣藉小籠包、刈包和波霸奶茶殺進美食圈，不顧疫情延燒，持續供應晶片給全球，如今更有台裔在文壇過關斬將，美國是愈來愈台了。台裔會不會在影劇圈持續長紅，我們期待但不強求，但我們樂見台裔不再是花瓶或綠葉的未來，最起碼不要再被當成泰國人也好。

5

譯者的愛恨情仇
—— 那些敢恨不敢言的書

　　恐怖大師史蒂芬・金（Stephen King）討厭自己寫的《劫夢驚魂》（*Dreamcatcher*），這還算小case，他更討厭早年以筆名發表的一本中篇小說，恨到不僅停印單行本，甚至從合集裡摘除，決心讓它從地表消失，更寫專文說明「絕版是好事」。

　　為人作嫁的譯者，當然也會恨自己譯的書，但多數是敢恨不敢言。

　　好久好久以前，有一本翻譯小說細數職場新人的血淚史，紅得發紫。在譯後記裡，譯者坦言自己

並不認同故事主人公，還數落這角色的個性有哪些
缺點，結果引爆愛書人圍剿。原來，作者恨自己的
作品可以，譯者竟連洩怨的空間都沒有。

　　編輯發書，譯者接不接，決定權在譯者。既
然中意的書才接，為什麼還有怨言？案源不多的階
段，譯者多數是有書就接，像我入行之初，第一本
和第二本間隔好幾個月，接第三本之前也空窗很
久，當時想法是，反正是副業，再沒書可接的話，
回歸新聞圈也行。

　　幸好我興趣廣泛，第一本是以美術為主題
的現代驚悚小說《我綁架了維梅爾》（*The Music
Lesson*），接著是商業書《夢想家、生意人與狗雜
種》（*Wisdom from the Robber Barons*），然後是另
類童話《魔法陣》（*The Magic Circle*），第四本是
19 世紀推理小說《雙姝謎情》（*The Leavenworth
Case*），都不算難。到了第六本，又是商業書，原
書強調「簡單」卻名不符實，內容專業而龐雜，舉
例繁多，一點也不簡單，我邊譯邊叫自己記取這次

教訓，以後不要再踩到這種地雷。然而，接簡單一點的書，就能沉浸書香天地、躺著翻譯嗎？譯者對書的愛恨情仇可沒這麼簡單。

　　跨世代恩仇錄《該隱與亞伯》是我大學時代就想拜讀的小說，如今已和《戰爭與和平》（*War and Peace*）、《大亨小傳》（*The Great Gatsby*）、《天地一沙鷗》（*Jonathan Livingston Seagull*）並列全球百大暢銷書，春天編輯來信邀譯時，我還愣了一下，「中譯本早就出了吧？」而且，該隱、亞伯是《聖經》裡的古人，以他倆為名的作品層出不窮，這本該不會碰巧跟曠世鉅作撞名了吧？作者亞契（Jeffrey Archer）文筆流暢洗鍊，重情節起伏和人物糾結，節奏感直逼追劇，續集《世仇的女兒》（*The Prodigal Daughter*）也同樣扣人心弦，我工作兼享樂，哪需要週休？一天敲鍵盤14小時也不累，入行之初的幹勁又回來了。能天天翻譯亞契的話，Netflix 都可以退訂。

　　假如年復一年都有這麼完美的工作機會，人

生就不需要小確幸了。現實生活裡，有時因檔期喬不攏，再愛的書，例如新經典的《十月終結戰》（*The End of October*），我也只能向編輯說抱歉，然後自費滿足按捺不住的閱讀慾，看看作者是怎麼未卜先知疫情。就算排得進去，有些好書就是來得不是時候。同婚議題達沸點的那年，麥田邀我翻譯文豪亨利・詹姆士（Henry James）的《波士頓人》（*The Bostonians*），可惜當時我已連續接下兩本同志書，想換換文體，也避免被定型，考慮再三才婉拒。另有一次，時報有意推出傑佛瑞・尤金尼德斯（Jeffrey Eugenides）短篇小說集，但我也因剛譯完兩本短篇集而含淚遙望大師。就算沒邀約，我讀到心愛卻無緣親譯的作品，例如沙林傑早期的短篇〈至艾絲美〉（For Esmé—with Love and Squalor），見他用怪字 watty 形容燈泡刺眼，也不禁想對照繁簡版譯本怎麼翻，向高手偷學幾招。

愛太深呢？迷戀一本書到無法自拔時，譯者容易掉進超譯的泥淖還洋洋自得，向作者篡位。

西方文化重視藝術表現，容許譯者恣意秀才情，但在中文圈，反客為主的譯者卻常遭撻伐。我在翻譯《內景唐人街》、《霧中的男孩》、《分手去旅行》、《霧中的曼哈頓灘》、《祖母，親愛的》（*The Grandmothers*）、《幸運之子》（*The Great Believers*）、《親愛的圖書館》（*The Library Book*）、《戰山風情畫》（*Battleborn*）這些愛書期間，就不斷自我警惕：你只是一個小譯者。把愛擱一旁，故事原汁原味呈現給中文讀者才是正道，不許加油添醋。

　　比純純的愛更常發生的例子是愛恨交加。愛的是原文，恨的是自己墨水壺見底，才情無法和作者匹配。《樹冠上》譯者施清真曾諷刺說，「譯得死去活來的書才是『文學巨著』。」我也有同感。另一種形式的愛恨是，封面吸睛，吸乾你荷包，你捧書回家讀了幾頁由愛生恨，再也讀不下去，譯者同樣也有衝動接書卻秒悔的情形，沒啥好奇怪。較罕見的狀況是，譯書過程原本心曠神怡，後來卻因客觀

條件影響而文思堵塞，例如我以35高齡罹患水痘時翻譯到某巨著，整個人被摧殘到心力交瘁，導致日後一見身上的痘疤就想起那本書，一見那作家大名就渾身爆癢。

就算是同一位作家，縱橫文壇數十年，早中晚期風格迥異，追書追到老的書迷想必在少數，而譯者更辛苦，忠於原文要擔心挨讀者罵，盡力承續作者早期風格又違背良心，於是鍵盤愈敲心愈恨。有些作家早期筆法明快帶勁，中期變得囉嗦賣弄，後期敘事流於拖沓，不恨也難。我每本必讀的一位美國當紅小說家出新書，我在有聲書上市的第一天買到手，聽了不到一小時就能篤定大魔王是誰，邊聽邊笑作者故佈的疑陣和假招多麼幼稚，結局果然被我料中。假如我有榮幸翻譯到這一本，4、500頁不知會折騰我多久。

有時候，恨書到極點，其實是早就愛上它而不自知。某年我匆匆接下一本輕小說，事後一讀內文，才知不是我的菜，但合約已簽，截稿日期在

即，想悔約也來不及了，只好硬壓著輕視這作家的念頭，下巴仰角45度工作下去，結果挺過開場的黑影之後，恨盡愛來，翻譯過程變得異常輕快，猶如同步口譯時腦波和講者搭上線，講者才起個話頭，我就能接龍。再套一句施清真的諷刺語：「容易翻譯的書，肯定藝術性文學性不高。」哈，正中我下懷了。

全職翻譯以後，我才領悟讀閒書有多爽。讀《天使與魔鬼》（*Angels & Demons*），遇到太冷僻的教廷SOP，跳過。讀《三體》，天文學、物理學、「紅岸工程」，術語充斥，不懂就是不懂，跳過跳過再跳過，讀到最後一頁卻仍意猶未盡。譯者可沒跳頁翻譯的福氣，從頭愛到尾的書是屈指可數，但匪夷所思的是，再怎麼恨一本書，稿子一交出去，主觀的負面因素全豁然消散一空，幾天或幾年後回憶它，不再記仇，腦海裡只有它的好，恨過水無痕。

我喜歡用「代理孕母」來比喻譯者。孕母出借子宮九月後，把嬰兒交給卵母精主，可能會吐訴妊

娠期的苦難，但絕不會當面嫌寶寶朝天鼻辱斗，譯者同理也會以假愛掩飾真恨，原文的缺陷就深深埋進心底吧，講出來傷到作者，讀者未必能認同，被出版社列入黑名單更得不償失。譯者作品集裡有哪些恨書，用不著摘除，就讓它們和史蒂芬‧金最恨的那本一樣，繼續隱名好了。

Part 2

譯者的 罪與罰

6

惱人的高頻字

　　「fuck」怎麼翻譯？英文國罵的衍生詞多如牛毛，譯者總不能一「幹」打死「fuck」的祖宗八代。300多頁的文學小說《苦甜曼哈頓》（*Sweetbitter*）出現兩百多個「幹」，而且出自嬌滴滴的粉領文青之口，那還得了？

　　《苦甜曼哈頓》的作者一來是藉髒字傳達主角泰絲（Tess）逆境求生的苦澀，二來是反映美國餐飲業潮男女本色，書寫至為傳神，卻苦了詞庫甚窘的譯者。更難拿捏的是，英文國罵衍生詞的狠勁

不如中文三字經，如果照原文宣科是怎麼看怎麼怪。然而，幫作者潤稿並非譯者的本分，原作爆粗口，譯者也該乖乖跟著罵，於是「他媽的」、「狗屁」、「去死啦」、「老子／老娘」、「搞什麼鬼」、「去他的」、「去吃屎」、「操你的」連番上陣代打，乃至於粗俗但不帶髒字的動詞「上（某人）」也加減用，因為譯者的任務是忠實移轉原文讀者的感受給中文讀者，讓 F 字對原文讀者的效應也延展至譯本。

　　《以你的名字呼喚我》千呼萬喚始出來的續集《在世界的盡頭找到我》也給我類似的試煉，但高頻字不是國罵。翻譯前，我先讀《呼喚我》原文書，然後讀《找到我》，專注在書中人物的情誼、異國場景、故事轉折，倒沒留意到哪些字重複出現。一旦開始敲鍵盤，我在《找到我》一書中找到「smile」90 次，假如每次都「微笑」，我到自行校稿的階段一定笑不出來。

　　此外，「sudden / suddenly」52 次、「total /

totally」46次、「ironic / irony」25次、「almost」64次、「moment」110次。「perhaps」和「maybe」合計更多，達168次，這還不包括「may」和「might」的110次，譯者能從頭「也許」到尾嗎？即使交替用「或許」、「可能」、「八成」、「大概」、「估計是」、「敢情是」，每一詞也會在《找到我》露臉至少40次。然而，和《呼喚我》相較，這些字頻率之高也大同小異，顯示是作者安德列·艾席蒙（André Aciman）慣用語，屬於原著風格的一層，豈容小譯者刪改或敷衍了事？

　　20世紀初作家D.H.勞倫斯（D.H. Lawrence）愛用「mechanical」形容「機械式」反應和動作，或許能反映工業化時代的思潮，哪怕《查泰萊夫人的情人》（*Lady Chatterley's Lovers*）和《兒子與情人》（*Sons and Lovers*）裡各有2、30個「機械式」，譯者也只能照著翻譯。同樣的，《唐頓莊園》（*Downton Abbey*）作者在《往事不曾離去》（*Past Imperfect*）裡「of course」192次，有時同一頁甚至

出現三次，在描寫平民高攀夕陽貴族的故事裡能凸顯作者語氣，我只能跟著一再「當然」，偶爾來個「自然是」、「想當然爾」，不太適合用「廢話」、「想也知道」取代，省得煞風景。

有些字在英文常用，在中文卻是贅字，例如「成功」。所以「成功抵達」可直接譯成「抵達」，某某人「發明疫苗成功」可簡化為「發明疫苗」。but在英文的露臉率也高於中文，有些時候可省略。surprised也一樣，常可在同一句裡用「居然」、「竟」取代。I'm surprised to see you here，可譯成「你竟然來了」。

反過來說，作者避用高頻字時，譯者卻可能被迫再三反覆相同的詞。以9/11紀念碑為設想情境的小說《穆罕默德的花園》而言，作者一律以「the names」代表死者名單、以「the buildings」代表世貿大樓、以「the attack」表示9/11，譯者為維持文字精簡，也為避免「那些姓名」、「那幾棟大樓」、「那件攻擊案」滋生誤解，只能義無反顧反芻同樣

幾個高頻名詞。

　　我在翻譯《湯姆歷險記》和《哈克歷險記》期間，和美國友人討論馬克‧吐溫，多數人想知道我如何翻譯那個「N字」。「N字」中譯通常是「黑鬼」，在現代美國是一個能粉身碎骨的地雷字，但在馬克‧吐溫的19世紀並無貶義，主張種族平等的他都用了100多次，因此為折衷起見，我多數以「黑奴」翻譯，只在歧視者的對話中譯為「黑鬼」，希望中譯本讀者能領會這字眼在當今美國讀者內心的違和。「by and by」（未幾）也是19世紀小說的常客，馬爺在兩書裡共使用121次，我能儘量以「後來」、「不久」、「未久」交替用，以免濫用古詞被讀者嫌礙眼。

　　由於基督教徒忌諱以「上帝」和「天」驚嘆，因此在這方面，擅長寫實當代民風的馬克‧吐溫自有呈現方言和鄉音的一套，有些角色只喊「地啊」，譯者也必須避免妄用上帝之名，以防讀者聯想起「My God」而悖離馬爺的原意。在《湯姆》

和《哈克》裡，以「天」驚嘆的角色唯有社會邊緣人。即使是小遊民哈克（Huck），從《湯姆》一書的配角晉級主角，讀了一點書之後也文明了，改喊「他爺爺的」（by Jimminy）。

　　拉拉雜雜統計了各大作家的高頻字，我回頭看一下，短短不到2000字的這一篇，「出現」有四次，「高頻」有七次，「讀者」有八次，自己果然也難逃高頻字的魔障。幹。

7

翡冷翠不冷不翠，
音譯地名不簡單

　　70年代義大利流行一首美式搖滾怪歌〈Prisenc-olinensinainciusol〉，我從頭到尾只聽得懂「all right」兩字——不是我義大利文太遜，是因為歌名歌詞既非義大利語也非英文，全是囈語，是歌手亂編亂填的偽文字。

　　根據義大利歌手Adriano Celentano的說法，他填詞時揣摩巴布・狄倫（Bob Dylan）的美語唱腔，用意是映照國人聽英文歌的情境：聞聲卻不得其意，歌詞講什麼並不重要，佶屈聲牙的外文同是

音樂的一環，聽得嗨就好，不懂沒關係。從翻譯角度看，一般人認為，專有名詞純粹是聲音，照著音節翻譯就行了。真有這麼簡單的話，翻譯全交給機器去演算好了。

　　進入90年代，西雅圖邋遢搖滾樂團Nirvana以〈Smells Like Teen Spirit〉一炮而紅，歌詞是美語，英美歌迷一樣是有聽沒懂。更慘的是，正版專輯不附歌詞，最初電台也因聽不懂歌詞、怕誤播禁忌字而拒播。爆紅後，主唱Kurt Cobain坦承，他寫歌時，根本不知道Teen Spirit是少女用的克異香品牌名，鼓手更向《滾石》（*Rolling Stone*）雜誌透露，這首原本不是專輯的主打歌，主唱花五分鐘就寫完歌詞，隨便找字填空押韻而已，現場演唱時歌詞一變再變。儘管如此，歌迷還是沉湎於詞曲裡的意境，聲稱歌詞裡的「黑白混血、白化兒，一隻蚊子、我的性慾」是反差兼暗喻，盛讚歌詞能彰顯X世代憤青的思潮。搞笑歌手怪叔Weird Al Yankovic後來為他改填大家聽得懂的歌詞，唱著「這首歌講

啥，歌詞霧嘎嘎」，狂損原唱根本含著滿嘴彈珠唱歌。在美國樂壇，你的歌被怪叔翻唱，歌唱生涯才真正攀上巔峰。

譯者可以像義大利怪歌，照著聲音輕鬆譯，或效法怪叔叔，原文深奧不要緊，通通改成有意義的中文。然而，譯者無論是走哪條路線，鮮少能兩全其美。華語圈公認「可口可樂」是音譯的典範，但懂英文的人一眼能看破，這飲料的原始天然成分是古柯樹（coca）的葉片，稍懂cola歷史的人也認識kola樹的果仁，可口可樂喝了一輩子的華人大概都沒概念吧。當然囉，若想加上字義，譯成「古柯酷拉」，有誰敢喝。

想兼顧發音和本意的話，我們來看看這例子。香港超市常見一款「蛇果」，全名是紅地厘蛇果，其實是美國旅館不分四季到處擺、沒人垂涎的Red Delicious，台譯五爪蘋果，大陸譯為紅元帥。翻譯成「蛇果」恰當嗎？兩岸三地投了兩張反對票，華僑也是，因為太容易聯想到印尼的「蛇皮果」了。

反過來看，「五爪」形容傳神卻完全捨棄原名，元帥有豪邁無美味，從翻譯的角度看，都不盡完美。但再反過來看，《聖經》裡的魔鬼蛇確實送果子給亞當夏娃吃，果子被後人詮釋為蘋果，蛇果堪稱觸類旁通的妙譯。

商品譯名響亮就好，能不能完美詮釋原名，普通人不奢求。但地名翻譯呢？我本來喜歡法國的楓丹白露、義大利的翡冷翠、東歐的多瑙河，但後來發現Fontainebleau的原意是「麗水泉」，當地秋來無紅楓，Firenze滿城紅瓦黃牆，不冷不翠綠，Donau河不盛產瑪瑙，青藍色也不是瑪瑙的主系。試想，民初時代華人假如衝著這些美名，搭輪船移民去歐洲，看不到楓林和寶石，豈不當場苦惱到夏蟲也沉默。現在看到這類名實不符的譯法，我會聯想到怪叔的超譯——自創一個跟原意、現地截然不同的新語以恩澤天下。再放眼歐洲，記得明朝登陸台灣的「佛朗機」嗎？乾隆時代，這隻機變成「博都雅」，現代則長成一顆「葡萄牙」。南歐這國家的

發音是坡 - 突 - 給 - 沙（Portuguesa），葡萄牙是粵語譯名，該國的葡萄年產近百萬噸，所以葡萄牙堪稱音意皆準的絕譯。

另外，虛構地名《咆哮山莊》（*Wuthering Heights*），既擬聲（wuthering），也兼顧原意（heights），不愧是翻譯文學標杆。

既然不能完美，音譯就照怪歌囈語，中文字一個接一個，串成毫無意義的詞，讀者看得出是外國名，譯者就對得起大眾了。是嗎？

只要聽一個字，美國Oregon州民就能立判對方是不是本地人。Oregon，在地發音是歐 - 惹 - 哏，外地人比照國防部五角大廈Pentagon發音，都唸成歐惹「港」，有些州民覺得刺耳，還會出言糾正。從加拿大人變成州民的我則比較排斥這字的音譯。無論是「奧勒岡」或「俄勒岡」，我都嫌礙眼。「岡」是譯名常用字，音不符實，名不符實，我都可以不計較，但O明明有最近似的「歐」，拗什麼拗，噁死了。但既然沿用已久，我也只能將錯就

錯。

我曾和大陸譯者笑談 Obama 的譯名，對方說，歐巴馬太像「歐巴桑」了。奇怪，歐巴桑已成台灣國語的一員，為什麼台灣人不會把這兩個詞湊一起？對岸的譯名是逢 O 必奧，我倒希望簡體譯者給個說法。但在歐洲，O 的發音不一定是歐。懸疑小說《霧中的男孩》故事發生在瑞典第二大島 Öland，詭譎的情節懸浮在石灰岩草原上更扣人心弦。這島的譯名很多，我敲定「厄蘭島」，就是看在那兩粒小黑眼的份上，尊重瑞典文的發音，不是一味美語本位。O 勒岡州最大城有一份華語報《波特蘭新聞》，標題和內文卻全用粵語的古名「砵崙」代表波特蘭，唐人街的牌坊寫成「埠華崙砵」。在譯名裡，波、特、蘭三字都是高頻字，像波特也接近波蘭，回頭再用「砵崙」可獨樹一幟，又能留存廣東省移民的史跡，我是全力支持。然而，華人在 O 勒岡州的比例極低，法院口譯的中文需求量還比不過索馬里語或美國手語，甚至連太平洋小島國的

楚克語（Chuukese），都比中文更常出庭。為了波特蘭或砵崙爭執，太小家子氣了。

從波特蘭往南看，加州第七大城 Long Beach 字面是「長灘」，卻常被譯成「長堤」，可能是因為市區海洋大道旁確實有一道長長的土堤（bluff）。而且，紐約州另有一小鎮 Long Beach，加州華人可能不願撞名。美國西部地名深受西班牙語影響，發音相對容易，但長堤有條 Junipero 街貫穿全市，照西語發音是「虎逆北裸」，重音在第二音節，因為 Junípero 是 18 世紀著名西班牙傳教士，從聖地牙哥延伸到舊金山，留下不少地名。然而，有不少長堤人唸成「有逆陪裸」，重音同樣在第二，也常有人照英文 juniper（杜松）唸成「揪你吚羅」，重音移到第三，總之不管你怎麼發音，有半數以上的長堤人認為你唸錯。

至於美國東岸，英國人搭乘五月花號移民北美洲，把英國地名帶去現在的美國東北角，發音比照老家，常難倒外地人：Gloucester（格洛斯特）

常被唸成「葛勞切斯特」，Worcester（伍斯特）、Leicester（雷斯特）也屬於同一型難搞字。這些地名都有大同小異的中文名，不愛查字典的譯者虧大了。

地名被外地人唸錯的例子還有 San Pedro。聖貝德羅是西班牙語國家裡常見的地名，在拉丁美洲很多，美國也有不少城鎮取相同的名字。但你如果去洛杉磯搭郵輪，當地的港市 San Pedro 發音是「聖匹卓」，機場計程車司機一聽就能決定是否該載你繞遠路。同樣的，在曼哈頓，SoHo 指的是 Houston 街以南的地段，路名和德州大城休斯頓、歌后惠妮休斯頓是同一個字，但紐約人都講「豪」斯頓。另外，《達文西密碼》（*The Da Vinci Code*）作家丹布朗的母校 Amherst 學院，h 不發音，安摩斯特才是赫赫正解。蘇格蘭首府 Edinburgh 的當地發音是愛丁柏惹，外國人常照字面唸成愛丁柏格，所幸都跟中譯愛丁堡差不多。首爾討厭被喊漢城，南美國家 Colombia 也是，最恨外國人喊她

Columbia，馬奎斯的《百年孤寂》（*Cien años de soledad*）百年慶時，出版界或許可考慮幫他的祖國正名為哥隆比亞。

地名有歷史沿革和在地發音的糾纏，各地各有地理特色和民風文化，音譯時，譯者務必再三確認發音、字源、本意、屬性，可像義大利怪歌只傳聲不達意，可效法怪叔翻唱名曲，擺脫原文，自由表述，也可半音半意，路線多的是，但條條都通向羅馬競技場，怎麼翻譯都不盡完美，都可受公審，都能被長矛利刃穿心，都能被當好戲看。如此感嘆太悲觀？不會，這是專職譯者的天命——天天都認的命。

至於音譯人名多容易，請見下一章。

8

喜歡被人喊錯名字嗎？
譯外國姓名之前，
請先搞懂對方是誰

　　我就讀高中時，播放西洋歌曲的廣電節目不多，台南AM電台卻有一個播放英文歌的節目，我每週忠實收聽。有一次，女主持人請假一個月，找兩位男士代班，還算稱職，但在介紹喬治·麥可（George Michael）主唱的〈去年耶誕〉（Last Christmas）時，竟然再三唸成「喬治·蜜雪兒」。被聽眾圍剿，兩個代班還一搭一唱狡辯說，法文發音是蜜雪兒沒錯。

　　喬治·麥可的父親雖是希臘移民，本身卻是道

地英國人，和法國並無淵源，藝名沒理由以外語發音。何況，法文版的麥可拼成 Michel，音近英文的 Michelle，都不是 Michael。台灣沒有英國殖民背景，英語發音出洋相是常有的事，講錯了更正就是，沒什麼大不了。可惜譯者沒這福氣。

錯譯洋名是譯者的日常，也是譯者的無奈。寓言勵志作家保羅・科爾賀（Paulo Coelho）是巴西人，我接譯《愛的十一分鐘》（*Onze Minutos*）時，以《牧羊少年奇幻之旅》（*O Alquimista*）成名的科爾賀譯名已響叮噹，小譯者豈敢照葡萄牙語為他正名為「奎呂」？沿用既定譯名為上策。但話說回來，幾十年後，假如《愛》是某讀者第一次接觸到的科爾賀譯本，而這讀者聽慣了外國媒體對他的稱呼，挨罵的譯者是哪一個？

我常主張，音譯人名應尊重當事人的母語發音。納粹時代，有個德裔猶太家庭被迫蝸居阿姆斯特丹密室，少女安妮・法蘭克（Anne Frank）以荷蘭文寫日記，抒發青澀的憂思感念。她姓 Frank，

譯成「法蘭克」無爭議，Anne的荷語和德文發音都是兩音節，較接近「安娜」，英文則變成單音節的「安」。中文不採英美發音是正確的抉擇，Anne雖近似安娜，安妮其實也沒錯。然而同樣是荷蘭人，畫家梵谷（Van Gogh）在美國是梵-夠，在英國是梵-勾-夫，荷蘭原音則是梵-侯-荷，喉擦音在中英文都沒有對等字，中英文一同啞然，還是讓梵谷繼續梵谷吧。上一個世代的譯者音譯時，只能各自照自己認知的英語翻譯，但現在影音媒體眾多，上YouTube即使查不到本人自我介紹的發音，也可以參照廣電媒體專訪的說法，不然也能請教通曉該語種的朋友，問不到也可向Wikipedia求援。維基通常會在人名後面加音標，有時附音檔，如果都沒有，也可以用字串"+pronunciation"搜尋，走投無路才去按Google Translate左下角的擴音符號聽聽看，記得要先選對語種。

　　John發音是「醬」，為何翻譯成約翰？《聖經》裡的人名各有悠遠的典故，John的原始希伯來文拼

成 Yochanan，拉丁文照希臘字寫成 Iohannes，而拼音語種裡的 I 和 J 有時發音近似，傳到日耳曼語系 I 變成 J，英文發音也跟著變，反正照《聖經》中文版的譯法準沒錯。同理，Jacob 翻譯成雅各，Job 約伯，Joshua 約書亞。Elijah 較棘手，在中文《聖經》裡是「以利亞」，各國各教派有各種唸法，但美語發音是以－賴－甲，飾演哈比人的美國明星 Elijah Wood 被譯「伊利亞‧伍德」就錯了。追星喊錯名字，你搞不好會被註銷會員資格。

　　姓名音譯的另一個問題是，用來用去都是同幾個字，fo, fr, fl, fu 音本來可以是福、富、弗、復、傅、夫，ver 也可以是瓦爾或沃爾，現在一概翻成「佛」。美國懸疑大師傑佛瑞‧迪佛信佛嗎？我專訪他時忘了問，但姓名五個字就兩個佛，我真想為他改名。精神分析之父佛洛伊德姓 Freud，奧地利人，德語發音，中文沒錯，但 1960 年代英國出現一個搖滾樂團平克佛洛伊德（Pink Floyd），2020 年慘死警察膝下、觸發民運的美國黑人 George Floyd

也被譯為佛洛伊德，論國籍、領域、拼字、發音、字源都和Freud相隔十萬八千里。同音的中文字多的是，「福」、「富」、「夫」為何擺著不用？新世代回答，賞鮮期限過了。

有些字眼確實是跟不上音譯潮流。魯賓遜、傑佛遜、麥迪遜是受粵語影響的譯法，現代國語譯者多數把-son翻譯成「森」，再譯成「遜」感覺未免失敬。《天地一沙鷗》裡的海鷗名叫Jonathan Livingston，本土化的「岳納珊」容易打進小學生的心靈，但現在沒有專職譯者敢把強納森譯成岳納珊了。本土化的例子還有蕭伯納、史懷哲、徐四金，幫洋人取漢名在百年前是常態，如今在西方立足的華人不勝枚舉，再玩這套路，只會徒增混淆。西方漢學家和名人自取的中文姓名除外。

常見的姓名都有約定俗成的既定譯法，Erin和Aileen和Elin都是艾琳，Jon和John都是約翰，Jake和Jack都是傑克，反正名字就是名字，讀者不會太在意，譯者頂多把Jon翻譯成強納森，Jake

改成雅各。但是，外文名有這麼好譯，譯者就沒得混了。《斷背山》主角傑克「葛倫霍」（Jake Gyllenhaal）的父姓源於瑞典文，發音本來是耶-倫-侯，美語卻成了吉-倫-霍，姓和名押頭韻，多響亮。可惜一家出了三位好萊塢名人，姓卻全被台灣喊錯。好在這字發音也考倒很多西方人。葛萊美獎療癒系歌手Ray LaMontagne就沒那麼幸運了。土生土長美國人的LaMontagne姓雖源於法文，美語發音應是拉-蒙-田，台灣卻幫他改名「拉蒙太奇」，假設你是他，訪台一直被喊Montage，會不會覺得太奇怪？

　　美國浪漫喜劇《穿越時空愛上你》（*Kate and Leopold*）裡，休‧傑克曼（Hugh Jackman）飾演的男主角名叫Leopold，是莫札特那年代的名字，摩登父母不會再給小孩亂取這種考古名，譯成雷歐波德，或李奧普德，都顯得出古氣。梅格‧萊恩（Meg Ryan）飾演的女主角不信他來自19世紀，起初兩度叫他萊諾（Lionel），正能凸顯兩名的古今

對比。所以在此勸同學們，英文名不能隨便取，不是愛上某文學名著就從裡面挑一個美名爽用。

同是拉丁語系，法、西、義、葡姓氏拼法各有特色，母音上方打圈圈或加兩點多半是日耳曼語系，子音上方打勾則是東歐人，英文讀者看了都心裡有譜，約略知道這姓的地理歸屬，華人只看音譯能辨別嗎？如果小說裡有角色姓 Friedman、Hoffman、Goldberg、Cohen 或 Zuckerman，英文讀者一看就明白這人十之八九是猶太裔，若被譯成弗里曼、霍夫曼、戈德伯格、科恩、札克曼，作者下的伏筆豈不就浮不出檯面了嗎？在海明威的首部長篇小說《太陽依舊升起》（*The Sun Also Rises*）裡，寇恩有錢有閒卻打不進社交圈，作者不必明指，英文讀者看他姓 Cohn，就看得出他被種族歧視。幸好敘事者馬上說明他是猶太人。

中文有小名，英文更多更煩。Richard 的暱稱可以是瑞克（Rick）、瑞奇（Rich）、李奇（Ricky）、迪克（Dick），William 可以是比爾（Bill）、比利

（Billy）、威爾（Will）、威利（Willy），Robert和洛柏（Rob）、鮑伯（Bob）、巴比（Bobby）是同一人，西班牙文的菜市名方濟各（Francisco）更可簡稱「潘丘」（Pancho）。看到這些小名，西方人能直覺意識到本名，中文讀者則要視外文造詣深淺而定。在文學對話裡，稱呼對方理查或瑞克，可區別角色互動的親疏，照著直譯卻只會讓讀者愈看愈糊塗，所以譯者通常會統一稱呼，同時藉言語裡的口氣傳達關係遠近。只喊姓，表示雙方更疏遠。

　　《麥田捕手》（*The Catcher in the Rye*）作者沙林傑筆名是J.D. Salinger，全名傑洛姆·大衛（Jerome David），討厭別人喊Jerome，童年小名是Sonny，親友稱呼他Jerry。傳記《永遠的麥田捕手沙林傑》（*Salinger*）裡，作者遍訪出版社、二次大戰史學家、文藝學者、老友、兒女、歷任紅粉知己，從上述各種稱呼，就看得出受訪者和沙林傑本人熟不熟，對他含恨或愛慕。在《太陽依舊升起》中，海明威也常以人名來暗指親疏關係的虛虛

實實，例如敘事者對其他人都只喊名，卻以姓稱呼
Robert Cohn，以表明Cohn是異類，他和Cohn並
非肝膽相照的真朋友。女主角布雷特（Brett）以
Michael稱呼未婚夫，其他人則一概暱稱他Mike，
也是作者刻意的用心。如果為了體貼讀者而統一稱
謂，會不會對不起海老的曠世經典？

　　人名音譯更令人頭疼的是性別地雷。附屬哈佛
醫學院的Dana-Farber是全球頂尖癌症研究所，譯
名「丹娜法伯」乍看很尋常，但原文兩字中間多一
槓，表示Dana和Farber是兩個姓：Farber是一個阿
北沒錯，丹娜卻是Charles A. Dana的姓，第一個a
的發音是ABCD的A。1950年代的政商名紳跟《宛
如處女》（*Like a Virgin*）的天后娜姊撞名，地下
有知，不吹鬍子瞪眼才怪。不過，Dana也可以是
名，男女通用，一時不察的譯者更常中招。連我國
的地名也有被變性的例子。小時候，我和哥哥計畫
一起逃家，愈遠愈好，還沒當兵不能出國的我們看
著地圖，遙想著國境極南的曾母暗沙。我一直以為

那片淺灘的命名是緬懷某位觸礁罹難的長輩，幾十年後讀到國土爭議的文章，才赫見曾母的原名竟是James。

　　我常向國外譯者感嘆，你們拼音語言不必翻譯地名人名，頂多稍加解釋即可，中文譯者卻要明辨正確發音、男女、族裔、國別、小名本名、是古是今，面面俱到之後還要顧及是否又佛來佛去，又佛洛伊德。人名音譯既要忠於原音，又不能怪腔怪調，常讓譯者左右不是人，其他語種的譯者無法體會就算了，如果連本國人也不領情，那麼，譯者還是集體退場抗議吧，反正大家都學過英文，不懂全交給Google看著辦。

9

見春樹，不見挪威森林
——那些年，我們一錯再錯的誤譯

　　村上春樹小說《挪威的森林》場景不在挪威，森林也不是主題，日文取這書名，全因女主角直子熱愛披頭四金曲〈Norwegian Wood〉。只不過，這首英文歌指的是木製家具，不是挪威森林。和製英語大家見怪不怪，但村上本身是英翻日的文學譯者，西洋音樂在他的日文創作裡是要角，村字招牌這麼大，怎可能曲解重點歌的意境？

　　誤譯的課題一言難盡，我們先從芝麻小事著眼。讀小學時，我常被老師派去掃廁所，小手拿著

高腐蝕性的劇毒清潔劑，每天早上用力刷洗蹲式馬桶，害我至今一嗅到杏香就聯想到茅坑。但我移居加州後，看到棋盤式種植的杏仁樹結實纍纍，果子怎麼看都不像杏，嗅覺也不會勾起公廁夢魘，查證後才知道此杏非彼杏，杏仁是天大的誤譯。

　　杏的英文是 apricot，鮮甜的橙色果肉裡包有堅果一枚，破殼後，裡面確實也有果仁，名稱卻是 apricot kernel，含「苦杏仁苷」，入肚消化會產生致命氰化物。至於我們大把大把嚼食的杏仁almond，其實是甜扁桃（*Prunus dulcis*）的果核，和杏同屬但不同種，果仁色澤比杏子的堅果深，也比較大顆。甜扁桃是拉丁學名的直譯，果實形狀尖圓不扁，外皮青迸迸，果肉少，滋味大概也甜不到哪裡。儘管如此，華人圈一致將錯就錯，把甜扁桃仁almond當成「杏仁」來行銷，導致有人敲杏殼取仁誤食中毒，加拿大衛生部還鄭重警告，成年人一天至多三顆杏子的果仁，兒童禁用。如今，既然杏仁即almond已成常識，為避免以杏亂杏，不妨

以滋味區分，把almond改叫甜杏仁，有致命之虞的apricot kernel定名為苦杏仁，別讓「杏林」和「杏壇」也沾染二手氰毒。

台灣有三軍，美國有六軍。美國軍種除了常見的海、陸、空，另有海防軍和新成立的太空軍。「海軍陸戰隊」（Marine Corps）也是一軍，不是隸屬海軍底下的一支部隊，而是和其他五軍平起平坐的堂堂一大軍種。原文名corps就明指「軍團」，山姆大叔的猛男軍被矮化成小小一連一旅，嚥得下這口氣嗎？

至於《挪威的森林》，我們先探討原曲字面上的意思。約翰‧藍儂（John Lennon）唱著，男孩女孩邂逅，女孩帶男孩回香閨純聊天，介紹家具說，挪威木製的，美不美，男孩只有睡浴缸的份，翌晨女孩去上班，男孩在女孩家放火，臨走前說，挪威木燒的，美不美。照歌詞來看，村上確實搞錯了。是嗎？

暫且撇開挪威木的美，容我再插播形容詞的誤

譯現象。「那美好的仗我已經打過」（I have fought the good fight）是《聖經》箴言，good fight 指的是「為信念而戰」，為福音而對抗人間和心靈的邪魔，硬掰成「美好」也無妨，但現在連內訌、人事角力、政壇惡鬥，都可以自詡為美好的一仗。搞得劍拔弩張、烏煙瘴氣，哪一點美，哪一點好？鷹派拍拍胸脯改用「壯烈」還比較貼切。這裡的 good 類似 a good cry，是「好好哭一場、痛快哭個夠」的意思，嚎啕到假睫毛要掉不掉的，淚崩成國劇臉，美你個大頭鬼。

美好還不夠看，「完美」才屌爆。《完美風暴》（*The Perfect Storm*）、《超完美謀殺案》（*A Perfect Murder*）、《完美陌生人》（*Perfetti Sconosciuti*），全是英文 perfect 惹的禍。形容詞不讓名詞專美於前，誤譯的現象也隨著直譯愈演愈烈（詳見：第19章）。其實，perfect 定義較接近棒球裡的完投、完封，內涵卻一點也不美。百偵不破的刑案不留蛛絲馬跡，一輩子沒見過的人是素昧平生，都不宜用完

美形容。在海上遇到所向披靡的無敵颱風，不能征服它，就趕快臣服，只有人間邪魔才讚美風暴。

　　「冰風暴」連中文也有語病。Storm 是個超籠統的字：有風沒雨是 wind storm，雨大風小是 rain storm，雷陣雨是 thunder storm，下冰雹是 hail storm，飄大雪是 snow storm，輕度颱風是 tropical storm，氣旋和颶風都是 storm，總之就是老天爺翻臉。被譯成「冰風暴」的 ice storm 則是北國冬季的氣象，不是每年都有，但雨滴一接近地面瞬間結冰，一層包一層，電線、樹枝、水管不勝冰害而斷裂，人車寸步難行。下雪時，居民還能外出剷雪，遇到冰雨成災只能乖乖在家閉關，解凍期間出去亂跑還會被冰棍砸死，災情往往比暴雪更慘重。名著改編、李安執導的《冰風暴》（The Ice Storm）裡，屋外盡是死寂酷寒的景象，冷冷的，靜靜的，哪來的風？可笑的是，有些英漢字典更把 ice storm 翻譯為「冰雹」。盡快回歸本意「冰暴」才是正途。

　　另一大「冰雪奇譯」發生在滑雪場。滑雪時，

雙腳各踩一片的器材本來定名為「滑雪板」，複數是 skis。到了1980年代，滑雪場出現年輕人雙腿併踩一大板，橫衝直撞，拉風狂飆，英文把這運動器材叫做「雪板」（snowboard），成為主流運動後，中文才以單雙板區別。但在長野冬奧單板滑雪列入正式項目前，英漢字典裡的 snowboard 也翻成「滑雪板」，導致華語圈常把單板運動 snowboard 和雙板器材 skis 混為一談。直到今日，在數不清的字典裡，ski 和 snowboard 同樣被譯成滑雪板。

　　談誤譯，非提不可的是蘇聯頭目尼基塔・赫魯雪夫（Nikita Khrushchev）的「我們將出席你們的喪禮」，侈言預測俄共能比資本主義撐更久。在冷戰核子危機的氛圍下，這句俄文卻被蘇聯口譯官翻譯成英文「我們將埋葬你們」，嗆狠的口氣嚇壞了民主世界，以訛傳訛數十年。但是，經典誤譯當中，也不乏先見之明的創舉。英國的《泰晤士報》本名是「時報」（*The Times*），無關泰晤士河（Thames），但這條河的發音有點像時報，也的確

流經倫敦市區，譯成《泰晤士報》更能和後進《金融時報》（*Financial Times*）、《紐約時報》（*The New York Times*）、《台北時報》（*Taipei Times*）劃清界線，泰晤士河水不犯井水，根本是宏觀遠見的先河譯舉。

　　從毒杏仁扯到完美冰風暴，披頭四名曲被翻譯成挪威森林，也是誤譯無誤吧？作曲人藍儂曾表示，Norwegian wood 是 1960 年代英國時興的便宜俗氣木料，無關挪威。日本唱片行可能沒聽到藍儂的解釋，也沒細究縱火狂意識，直接翻譯成「挪威的森林」，多浪漫，這譯名從此在大和民族心田滋長。村上借這首歌寫日文小說，首要目標當然對準日本純情讀者，採用藍儂的原意多煞風景。

　　面對誤譯的指控，村上曾在《村上春樹雜文集》裡說明，「這個詞含義之一為挪威產家具的可能性的確存在，但並非就是全部，這種狹隘的斷章取義的翻譯是一種『只見樹木不見森林』。」同一本書中，村上也解釋，曲名本來就「模稜兩

可」，因為坊間盛傳歌詞本來寫的是「以為她願意」（knowing she would），獻身的性暗示太明顯，所以改諧音 Norwegian Wood，也能遮掩藍儂自曝的這段婚外情曲落空記。既然歌名本身就朦朧不清，可見誤解的人並非村上，而是鑽牛角尖的現代翻譯工——太偏執於字面上的意義，反而忽略了藝術家的匠心，難怪有讀沒懂，捧著字典質疑文學創作。

　　好吧，就算你還是咬定《挪威的森林》小說和歌曲都是誤譯，從杏仁、陸戰隊、美好的一仗來看，將錯就錯的結果，就像傑克・葛倫霍十年前狠甩泰勒絲……

　　回不去了。

10

記者即譯者，
母湯再煮「字母湯」

　　這年頭，中文報比英文報更難懂。BNT是啥？
EUA通過？NPI措施？DNR同意書？疫情延燒了一
年，閉關的我在美國天天讀英文報，卻從沒看過這
些縮寫，自嘆宅成了井蛙一隻，讀得不知所云，非
估狗不行。WTF!!!抱歉，WFH的我氣到爆粗口了。

　　BNT疫苗由德國公司BioNTech開發，與輝
瑞合資，疫苗商品名既非輝瑞，也不是BNT，而
是揉合了社群、免疫、新冠、mRNA而成的怪字
「Comirnaty」，歐美媒體見怪不買帳，不約而同繼

續以「輝瑞」簡稱全名是Pfizer-BioNTech的疫苗。上海生產的「復必泰」是復星公司+Bi+Tech的商品名，命名依循Comirnaty的混搭概念，骨子裡是不折不扣的輝瑞，成分效力全是同一款疫苗。簡而言之，BNT一詞是台灣自創的土產。

疫苗接二連三推出，合資公司英文名稱一個比一個長，縮寫或簡稱都情有可原。但通篇縮寫字簡直像一碗字母湯，讀了頭疼，英文媒體很忌諱，所以切掉Oxford-AstraZeneca COVID-19 vaccine頭尾，簡稱AstraZeneca。台灣最初以「牛津疫苗」稱呼，為什麼改成AZ疫苗？頭文字比較時尚嗎？或是記者偷懶，學譯者直譯，照抄專家官員的用語？

除了疫苗名稱外，PCR、Delta、COVAX、WHO、SOP、CDC、PPE、DNR、PAPR、NAAT、ACIP、NII、Ct值……字母湯氾濫成災，陷入行星尺度級的混亂。話說回來，有些字以縮寫呈現，確實較易讀，例如mRNA（messenger

RNA），譯名可以是「信使核糖核酸」，但專有名詞一長串，拗口又難懂。「聚合酶連鎖反應」（polymerase chain reaction）也是，PCR反而較簡潔。反觀EUA（Emergency Use Authorization），「緊急使用授權」可以縮短為「緊急授權」，標題裡更可簡化為「授權」，「核可」也行，何必發明一個頭文字來燒腦？EUA比BNT更土更痞。

字母湯裡最難下嚥的莫過於以下這兩字。COVID-19是世衛組織敲定的病名，病毒全名SARS-CoV-2，英數合體，而且是學子最怕的兩科，病毒名更是大小寫並存，還加了兩個連接號，讓記者敲鍵盤辛苦，編輯改稿更累，媒體何苦再用這兩字勾起大家揮汗聯考的夢魘？

四五六年級台灣人都記得結核疫苗，胳臂都有疤為證。卡介苗原本可以叫做BCG或TB疫苗。三合一，本來可以是DPT或DTP，痳疹三合一則是MMR。當初以方塊文字命名，既能拉近民眾與科技的距離，降低畏懼，更能將排斥感減到最低，

進而秒殺病毒，終於讓結核病在先進國家吃癟。如今，COVAX、Novavax、R0值、Rt值在媒體肆虐，字母湯營養豐富，但賣相欠佳也難喝，難怪宅宅奉臉書和LINE為宗，躲債主似地迴避主流媒體，見假消息就在群組裡瘋傳，信偽圖為真相，開包即食，一口接一口，愈嚼愈來勁，哪有閒工夫瞧字母湯一眼，難怪陰謀論繁殖力比蟑螂還強，打也打不完。

印度變種囂張一陣後，世衛正式命名為Delta，媒體跟進，令很多人以為是繼印度株後再變異的壞分子，改了名反而混淆視聽。同樣的道理，儘管當前縮寫字繁多，如今回頭硬改，只會讓人一頭霧水，因此現在只能期許記者下筆時三思，能「防護裝備」就不要PPE，以「授權」取代EUA，不讓頭文字再像Alpha、Beta、Gamma、Delta、Kappa、Lambda、Omicron、BA.5、BA.4.6、BA.2.75生生不息，最後把自己和讀者淹死在字母湯裡。

11

親愛的，我殺死了老中文
——考你對翻譯腔的認知

你說你不讀翻譯書，嫌翻譯腔太重，也能劍指譯文的毛病何在。好，你麥造，我考你。第一題：

> 你也有那則你埋藏在海馬迴裡多時，怎麼樣也不想忘記、不願忘記的愛戀回想嗎？

用語新穎的這句是翻譯嗎？修飾詞如花團錦簇，亦中亦西，符合翻譯腔的多項特徵。請先別交卷，這次隨堂考總共三題。

接下來，請刪除海馬迴裡的回想，再來一題：

我們看過一次油畫拍賣，覺得作品都不高明。賭場必須穿越，卻不覺得誘惑。甲板上的推鐵餅戲，倒和女兒玩過幾回。戲院也是常去，看了一些老片。

浮光掠影的郵輪見聞，句子簡短有力，但賭場那句語法略顯突兀，「必須」也有英文的味道，到底是不是翻譯？「你我他」的主語幾乎全省了，是中文無誤吧？第三題：

他上台對著麥克風說：最後的一曲要請大家幫忙。廉價座位的聽眾請鼓掌好嗎？其他的人不妨搖響你們的珠寶。

這句原文絕對不是中文，對吧？沒有長串的修飾語，但演唱會的場景、嘲諷的語氣、「廉價座

位」，再加上「搖響你們的珠寶」，屢屢勾起西方文化的魅影。而且，「的」字也不少。親愛的，你答對了，這句的源頭確實是英語，「他」是披頭四主唱藍儂。懂英語的讀者一眼即知這是直譯，有無翻譯腔倒不一定。但如果我說，這句出自最忌諱翻譯腔的知名作家，你相信嗎？

最後這題的譯者是余光中，摘自他的散文集《粉絲與知音》，而郵輪見聞的出處是同一本書，不是譯文。「海馬迴」那題也非譯文，作者是出身師大附中和政大的樂評郭軒志。

翻譯腔的病灶是直譯。我承認，翻譯時遇到似懂非懂的句子，本能反應是照原文直譯，尤其是陷入句子又臭又長的困境時，拆句、重組、倒裝、被動換主動，甚至挪幾個字提前到上一段，忙了半天，還怕漏三掉四。但我相信，多數譯者也會和我一樣，碰上一知半解的句子，不至於昧著良心硬譯，即使直譯下去，自己校對起來也會直搖頭。有些翻譯腔能免則免，例如「最大的城市之一」可譯

為大城，「最富有的人之一」能簡稱財主或鉅富，「對貧民的救濟刻不容緩」就是濟貧刻不容緩，「一次性」是免洗或用後即丟，「為什麼不坐下來呢」可以改成「坐下吧」。

　　但是，內建式的原文特色不是說改就能改的。西方小說很側重細節的描繪，「手」永遠不只是手，一定明言手臂、手腕、手背、手指、掌心，連手掌近腕處都可以再細分 heel，中文則是一手打遍武林，連單複數都不必解釋。太詳細是原文的怪癖，相對而言，一般的中文寫法會不會太馬虎？拭淚的動作很簡單，大家都知道，但是，用食指抹淚、或用兩手的「掌底」壓眼窩止淚，都比擦乾眼淚來得鮮活，多了一分翻譯腔又怎樣？文學力求生動才是王道。

　　「的的不休」是翻譯腔最為人詬病的一點，在英文裡，and 可以像火車車廂一個接一個，害平交道前的譯者煩到巴不得一頭撞死。反觀中文，兩個逗點間出現不只一個「的」就礙眼，副詞「地」也

不能太常用。只不過，各界奉為散文宗師的朱自清也是「的的不休」一族。

> 落下參差的斑駁的黑影……彎彎的楊柳的稀疏的倩影。
>
> ——朱自清，《荷塘月色》

　　唉，甜心，人家是大師，朱體有朱體的獨門韻味，小譯者摸摸鼻子就好，「穿過你的黑髮的我的手」不要亂伸。

　　再來就是新語。文學版權經紀人譚光磊曾藉臉書感嘆：「到底什麼是滾動調整！『適時調整』或『隨時調整』不就好了！」我也常暗發類似牢騷。什麼是「假安全感」？讓人「掉以輕心」不就好了。「熱區」、「舒適圈」、「佛系」滿天飛，說穿了全是譯者偷懶直譯釀成的疫情。魔鬼在細節、魔鬼代言人也是。然而，少了這些外語直譯詞，中文難保不會被港台語和大陸更巨大地影響我們。我倒寧

可捨「論理」（logic）而屈就「邏輯」。語言又不是一潭死水。拉丁文作古兩千年了，朽木都能吐新芽，新拉丁文（Neo-Latin）裡的電腦、手機、網際網路樣樣不缺，誰又壓得住活跳跳的中文？

日譯腔仗著文化親近感，對中文的衝擊更大，例如某某怪獸是「足以毀滅世界的存在」、「臭蟲一樣的存在」。同樣橫行的日譯腔還有「謎一樣」、「覺悟吧」、做某事「給你看」、「會很困擾的」、「死也可以呢」、「也說不定」、「果然還是不行」、「可以成為了不起的人」。能一口氣舉這麼多例子，果然我小時候日本漫畫沒白讀。

翻譯腔該不該打，各人有各人的見解，不爭的事實卻是，翻譯是外語直搗中文要塞的履帶車，任憑你調動幾軍卡的文字特攻隊也攔不住。「腎上腺素」原本在中文是醫學專有名詞，在英文裡 a rush of adrenaline 則是「亢奮激動」的代用語，如今「腎上腺素激增」也藉由翻譯滲透中文。中西味並存的創作固然帶翻譯腔，不也是中文與時俱進的表

徵？今天「海馬迴」燒腦，難保幾十年後不會變成
「記憶」的代名詞。

　　相對於忠實過火的翻譯腔，台灣也曾出現極度
本土化的翻譯。記得《小叮噹》和《怪醫秦博士》
嗎？中日文化相近，換個名字像換一副眼鏡戴，底
子不變，親和度陡升。西洋作品在地化較難，唯獨
有些情況例外。以下節譯自林語堂以英文寫的小說
《京華煙雲》（*Moment in Peking*），作者曾兩度榮
獲諾貝爾文學獎提名。

　　　這病使她多麼羨慕人家的健康，也使她多
　　愁善感，見一葉飄零，隨風入室，便愁緒滿懷，
　　無以自解。

　　　——譯者張振玉，作者林語堂，《京華煙雲》

　　「使她」有英文的調調，隨後卻徹底推翻洋
腔，收復漢土，不僅使得小譯者自嘆弗如，也使得
當今出版社為提高賣相，讓譯者神隱，把譯本當成

林語堂中文原著上架。

　　以中國為背景的英文故事在地化並非零障礙，有時要看譯者功力高低。賴慈芸教授的《翻譯偵探事務所》以「狄仁傑」系列《漆畫屏風奇案》（*The Lacquer Screen*）兩譯本對比如下：

- 現在你不妨把事情細說一遍，說不定本縣能根據你所說的某些具體情況，對此事做出特別處理。（2000 年版）
- 詳情從實細細向本堂稟來，倘其情理有可諒之處，細節無抵牾之疑，本官可便宜從權。（1980 年版）

　　前者帶翻譯腔，「做出……處理」更是一種語癌，不適合在衙門進行一個亂入的動作，後者則徹底融入唐朝時空，引領讀者徜徉在古風中，以「譯」亂真，直讓小譯者嘆為觀止。

　　現場拉回到西方和現代，最後再追加一題。請

問以下這段是不是**翻譯**：

> 　　從前喬伊母親大概是個很有風情的紅酒
> 保，她那雙泡泡眼，雖然拖了兩抹魚尾紋，可是
> 一笑，卻仍舊瞇瞇的泛滿了慾望。喬伊那雙眼
> 睛，就是從他母親那裡借來的。

　　如果拒讀譯本的你以為這是譯文，那麼，寶
貝，你排斥的是洋人，而不是翻譯。喬伊換成「小
玉」，酒保變「酒女」，慾望變「桃花」，就是原原
本本的——超展開！——白先勇《孽子》。

　　飛機餐，色香味俱缺，乘客無不邊吃邊罵。
米其林龍蝦牛排餐端進經濟艙，用美耐皿餐盤擺
在黏TT的餐桌板上，你縮頭駝著背，手持塑膠刀
叉，鄰座的橘皮組織一直越界，椅背被後座屁孩盡
情踹，降噪耳機緊戴一樣吵哄哄，口渴了等不到續
杯，誰能大快朵頤？說穿了，你恨的是在飛機上用
餐，而非飛機餐。同理，痛恨翻譯腔的人或許討厭

的不是翻譯，而是文化隔閡。中文小說文筆再美再正統，場景若搬到加拿大育空的不毛之地，人物全是因紐特原住民，你沒興趣就是沒興趣，故事再緊張刺激、懸疑恐怖、哀怨動人、纏綿悱惻，也是白搭。

　　連余爺都能「搖響你們的珠寶」，是時候大大們放翻譯一馬了。

12

唧唧、嗡嗡、汪汪！
中文擬聲詞夠用嗎？

唧什麼唧？中文擬聲詞太遜了？

　　「唧唧復唧唧，木蘭當戶織」是《木蘭詩》第一句。老師說，唧唧不是織布聲，果然，第二句就是「不聞機杼聲，唯聞女歎息」。白居易的《琵琶行》也有「我聞琵琶已嘆息，又聞此語重唧唧」，遂不能把唧唧賴到琵琶身上。

　　人的嘆息聲應該是千古不變，變的是漢字發音，一千多年前的北魏人怎麼唸「唧」已不可考，但古人確實常嗟嘆，現代人心煩時也常吸氣小

「嘖」一聲，會不會都是唧的變異字？

來看看耶魯大學漢學教授傅漢思（Hans Fränkel）怎麼翻譯唧唧復唧唧：

Tsiek tsiek and again tsiek tsiek

能傳神複製聲音是拼音語言的妙點，傅譯自創的tsiek像「嘖」，也可以是其他聲響，隨讀者去意會，可謂一石兩鳥。

鳥叫聲也是唧唧。唐詩《青雀歌》：「猶勝黃雀爭上下，唧唧空倉復若何。」

蟋蟀也唧唧：「秋月斜明虛白堂，寒蛩唧唧樹蒼蒼。」

進入宋朝，蘇軾的唧唧變成哭聲：「醒時夜向闌，唧唧銅缾泣。」

一個唧唧能涵蓋這麼多聲響，英文正好相反。拼音語言的鳥語豐富，有chirp，有cheep，

有 chitter，雛鳥叫 pip，顫音宛轉是 trill。小型鳥細細雜語是 twitter，動詞 tweet，不然推特幹嘛畫一隻小鳥當 logo？此外，貓頭鷹 hoot、鴨 quack、鵝 honk、烏鴉 caw、公雞啼聲 cock-a-doodle-do 都有專用字。蜂鳥 hummingbirds 的英文名「嗡嗡鳥」，取自急速振翅聲，北美山雀 chickadee 的名字來自特殊啼聲「奇可迪迪迪迪」，一般人聞其聲，就知道山雀在警告同伴：直立獸來了。把牠們的警語翻譯成吱吱喳喳，等於是稱讚惠妮‧休斯頓（Whitney Houston）歌喉平平。

歐洲人常在野外聽見「七九七九」的嘹亮鳥語，仔細找，才看得見樹上躲著體形像綠繡眼的 chiffchaff，英文名同樣是擬聲詞，正式中譯是「嘰喳柳鶯」。讀者評評理，chiffchaff 和嘰喳，哪個較接近「七九」？

英文鳥怎麼叫法，以中文為母語的人能否認同是其次，重點是，中文只能借用既有的擬聲詞，用來用去都是滋滋、啾啾、呱呱、嘎嘎、喔喔，文

雅一點的用啁啾、嚶嚶、關關，總之全是啾啾復啾啾的概念，擬聲不夠精準，也無法聞聲立判禽鳥類別，更可以偷懶一律寫成鳥鳴或啼叫。

普立茲獎提名小說《鳥人》（*Birdy*）中，作者威廉・華頓（William Wharton）書寫鳥語，不但描述金絲雀叫聲的抑揚頓挫，也把字母當成鋼琴黑白鍵來按，字尾還加問號表示尾音向上提。塊狀文字的中文能這樣玩嗎？

She flares her feathers, gives me a queep, a QReep and a couple peeps⋯

她攤展羽毛，對我 queep 一聲，QReep 一聲，附加兩三聲 peep⋯⋯

If I want her, all I do is hold out the perch and call her with a PeepQuEEP⋯ She actually is saying something new like QREEP-A-REEP?.

如果我要她過來，我只需伸出站椓，以

PeepQuEEP 對她呼喚……她正在講的其實是新字，近似 QREEP-A-REEP?。

蛙犬齊鳴

　　汪汪汪也令譯者恨國語不才。英文裡，大狗 woof，小狗 yap，吉娃娃 yip，低吼 ruff 或 arf，惡犬 growl，亂叫一通 bow wow，都是字典裡查得到的單字，中文譯者除了「汪汪」之外，也只能用「大／小狗吠叫」通吃。和各國譯者相處時，我常以狗叫聲做為破冰話題，認識認識各國擬聲詞的差異。義大利文 bau，荷蘭文 waf，日文萬萬，西班牙文 guau 像台語的「狗 káu」，韓文倒比較像喵，但絕大多數語言都和中文一樣，大小狗不分，英文狗語浩繁的主因可能是英語系國家多，狗奴更多。

　　青蛙有的呱呱叫，有的嘓嘓叫，但在唐詩宋詞裡，兩棲生物語不外乎「蛙聲」、「蛙鳴」。電影《史瑞克 2》（*Shrek 2*）裡，最後某人被變成青蛙，叫一聲 ribbit，才從盔甲裡鑽出來，旁人傷心說 He croaked.（西班牙文版翻譯成「唉，只釣到青蛙」，很好奇這句雙關語的中文字幕是什麼？）。我在美語環境待愈久，愈覺得ribbit才是蛙鳴的代表作。ribbit不但開頭有R含在嘴裡的羞怯，中間兩個B代表語氣停頓，最後的T更有戛然收尾的效果，具有呱呱咯咯無法表達的意境，堪稱擬聲界一絕，如今已藉美國影視傳播至全球。而各國擬聲語裡，差異最大的可能就是蛙鳴。

- 日語 kero kero
- 韓語 gaegul
- 北印度語 trr trr
- 匈牙利語 brekeke
- 義大利語 cra cra
- 德語 quaak
- 土耳其語 vrak vrak
- 波蘭語 kum kum
- 泰語 op op

　　在西班牙語系國家，田雞可以cru cru叫，也可
以croac或berp。兩棲生物種類繁多，每一族叫聲
不太一樣，牛蛙居多的地域聽到的蛙聲有異於樹蟾
蹦蹦跳的異邦，即使是語言相通，南歐和南美洲聽
到的天籟也不盡相同。入侵夏威夷島的coquí樹蛙
很囂張，叫聲像忽高忽低的尖哨音，美東春初常聽
見春雨蛙叫聲像小鳥，另外有的蛙類張嘴嘶嘶吼、
唉唉叫，唐宋古詩詞一律概括——括——括，詮釋
為蛙鳴，大江南北蛙蟾一網打盡，其實最宏觀。畢
竟，蛙字本身不就是一個擬聲詞了嘛。

　　動作系漫畫是現代擬聲語的發祥地，《蜘蛛
人》（*Spider-Man*）拋絲有專用詞THWIP，懸盪
FWOOOSH、揮拳SHMEK、迴旋踢WHUNK，自
創語目不暇接。《蝙蝠俠》（*Batman*）漫畫裡，更
有一個專殺超級英雄的連續殺人魔，名字就叫做
「擬聲者」（Onomatopoeia），不講人話，嘴巴只吐
得出擬聲詞，可惜至今尚未跳脫紙本，因為連作者
都坦承，只講擬聲詞的角色搬上大銀幕不討喜。

咦？同屬漫威公司的《星際異攻隊》（*Guardians of the Galaxy*）裡，小樹人格魯特（Groot）開口閉口 I am Groot.，不也萌倒一大票觀眾？

　　方塊語言在擬聲詞方面不如外語，並不代表中文遜。我們國中生教一教，就能背千年古文《木蘭詩》，有幾個美國小孩看得懂古英文版的喬叟？中文擬聲詞扳不倒外文，譯者可以從其他方面下功夫，例如同一個 tick 聲，中文多幾個字照樣能繪聲繪色：

Finally golden petals rained down (of real gold!), ticking with each impact against tree or markerstone.

　　最後天上落下黃金花瓣（真金！），清脆敲擊樹木與碑石。

The stove ticks. In my thrashing panic I have upended a chair.

火爐嘶響。極度驚恐下，我撞翻一張椅子。

　　　　　　　　——《林肯在中陰》，何穎怡譯

　　1960年代發表的短篇《嫁妝一牛車》裡，花蓮作家王禎和以「平平仄仄、仄平平」代表五聲響屁，除了大發詩興外，也散發一許幽默的幽香，比擬聲詞更不同凡響。而近年來，中文在創作擬聲語彙方面也有急起直追之勢，先有「嘿咻」，現在更流行「啪啪啪」，新詞裡淫聲後浪推前浪，足見中文肚子裡的墨水並不羞澀，只待揮灑活用，發威起來也可以和拼音文字一樣嚇嚇叫。

13

「必須」是中文裡的一隻福壽螺

　　李連杰曾以《致命武器4》（*Lethal Weapon 4*）打進好萊塢，緊接著再推出幫派火拚鉅片 *Romeo Must Die* —— 羅密歐非死不可，為了乘勝追擊，片商取名為《致命羅密歐》。被追殺的羅密歐一舉變成死神，片商的用心令我佩服，但我更慶幸的是，片名沒有被直譯成「羅密歐必須死」。

　　除了羅密歐以外，還有誰死定了？近一百年以來，「某某人 Must Die」的英文片名反覆出現，只差主詞不同而已，又臭又長的該死黑名單上有惡

徒、狼人、教宗、凱撒、約翰・塔克、里昂、甘迺迪、甘迺迪胞弟、一群笨蛋青少年、自殺女孩族、新納粹衝浪客、所有超級英雄、所有人，他們所有人……全都必須死。1960年更有一齣黑白片反問：我為什麼必須死？私以為：因為必須死必須死。

　　網路遊戲《魔獸世界》（World of Warcraft）有一種任務，就被直譯成某某人「必須死」，蔓延到實體世界導致【必須】在中文圈氾濫成災。時光逆流回18世紀末，《紅樓夢》全書數十萬字，曹雪芹只用了【必須】22次。再往前探索，元末明初《三國演義》也只有24次，《水滸傳》21次，明朝《西遊記》也僅僅16次。字數動輒近百萬的經典如此慎用【必須】，可見【必須】縱使稱不上是水貨，也算是漢皮洋骨的偷渡客。

　　英語裡動不動must、have to、need to、ought to，情態助動詞多如滿頁螞蟻，頻繁到令有些譯者頭皮發麻，直率語氣之中隱隱透露著霸道，是規定也是指令，僅此一條路給你走，My way or the

highway，不依走著瞧。以《紅樓夢》為例，除了
【必須】，曹雪芹也寫了意思相近的「須得」，但
也只六次。英譯本呢？must另有「必定是」、「大
概」的意思，撇開這些用法不談，must出現了數
百次之多，而這還是英國駐澳門使節喬利（Henry
Bencraft Joly，1857-1898）的節譯本。先看看【必
須】直譯為must的例子：

但凡要說時，必須先用清水香茶漱了口才可。
Whenever you have occasion to allude to them,
you must, before you can do so with impunity,
take pure water and scented tea and rinse your
mouths.

在這裡，【必須】是must無誤。但「可賀」
呢？中文是「可以」、「值得」，英文卻成了【必
須】：

士隱聽了，大叫：「妙哉！吾每謂兄必非久居人下者，今所吟之句，飛騰之兆已見，不日可接履於雲霓之上矣。<u>可賀！可賀！</u>」乃親斟一斗為賀。

"Excellent!" cried Shih-yin with a loud voice, after he had heard these lines; "I have repeatedly maintained that it was impossible for you to remain long inferior to any, and now the verses you have recited are a prognostic of your rapid advancement. Already it is evident that, before long, you will extend your footsteps far above the clouds! <u>I must congratulate you! I must congratulate you!</u> Let me, with my own hands, pour a glass of wine to pay you my compliments."

暫時別問，往下看，你自然會明白老英如何下達封口令：

你且莫問，日後自然明白的。

You mustn't be inquisitive. In days to come you'll certainly understand everything.

章回小說常用的開場白「話說」，老英都可以用must打通漢語的任督二脈：it must be noticed，或it must be added都行。交代來龍去脈的「原來」，英譯也可以來一個must：

原來賈瑞父母早亡，只有他祖父代儒教養。

Chia Jui's parents had, it must be explained, departed life at an early period, and he had no one else, besides his grandfather Tai-ju, to take charge of his support and education.

中原古籍罕用【必須】，現代台灣經典也不遑多讓，白先勇《孽子》全文只用了一次：「我必須在父親回來以前離開，以免與他碰面。」然而，

曾隨美軍駐台的葛浩文（Howard Goldblatt）詮釋下，情態助動詞又來搶鋒頭了。

> You've just started out, so it's not too late to turn back. You need to get a decent job right away.
> 你剛出道，還有救。快點做份正經事。

> Same place you are. I need to buy some things…
> 我也到南洋來買點東西──

　　假如遮住白先勇的原文，英譯中極可能再陷入【必須】的窠臼，或者直譯成【需要】，不信你考一考外文系學生。

　　日文漢字也有【必須】，但白話文常以なければならない或なければいけない表達同樣概念，字面上是「非⋯⋯不行」、「不得不」。中文本來

也是。【必須】不是不能用，而是不宜濫用。詩人說，花開堪折直須折，國父也說，革命尚未成功，同志仍須努力，全都不必囉嗦多加一個必。如今，【必須】這隻福壽螺成功入侵現代中文湖，已經繁衍到布袋蓮反客為主的浩劫，讓後世誤以為是原生物種，連國語老師都以「為了……必須」考造句，乃至於出現「為了得到好成績，必須先讓老師打到殘廢」神答，再也回不去《紅樓夢》的時代了。

英文裡，清倉大拍賣是everything must go，徵友限貓奴是must love cats，現場表演者深諳The show must go on的道理，即使NG或忘詞也咬牙演下去，這三句中譯，全都用不著【必須】殺進來鬧場。《致命羅密歐》上映20多年了，【必須】再鬧下去，日後影視圈又推出Must Die的片名，難保片商不會命名為《必須死》。

14

名字連不連，
姓名英譯前需斟酌

　　初抵美國時，我去逛梅西百貨，申請優惠卡，隔幾天收到一看，我成了變姓人，脫胎成「Ying」先生。九年後，我從加拿大搬回美國，去梅西再辦一張優惠卡，這次多加英文名Eddie，以免再成瑛先生，結果梅西不僅幫我改姓「堂」，「宋」完全被失蹤。

　　禍首是美國的社會安全卡嗎？在美國落腳，社會安全卡是安家立業的首要證件，有了安全卡，水電、電話、駕照、帳戶才有著落。而外籍人士的

安全卡以護照為依歸。台灣護照的外文姓名裡，兩音節的名以「-」（連字號）串聯。有連字號從中作梗，這才是姓名被篡改的罪惡淵藪，因為在美國，連字號以姓居多，名字多那一槓，主事者（或電腦算式）以為前姓後名的華人移民誤解 first name(首名)和 last name（姓）的差別，常好心幫你對調。

　　對岸人名英譯缺那一槓，以表示兩音節的取名是一個字，英文姓名被對調的亂象較少，但少個連字號也不是百無憂。雲南有家航空公司叫「英安」，拼成 Yingan 絕對會被老外唸成淫穢的動詞，所以官方一律寫成 Ying'an，避免字與字的連結。可惜，英語系民眾多半不懂語言學，你多加一撇也難保不會被唸錯。「西安」兩音節中間無論有沒有一撇，都會被唸成單音節的 Sean，所以我提 Xi'an 一定附帶說明「Terracotta Army Town」兵馬俑城。此外，嫦娥系列探月器拼成 Chang'e，起初難倒了全球播報員和 YouTuber，偶爾有「淺界」、「昌記」等離譜發音，最常聽見的是「廠益」。

　　這樣看來，名字中間還是加個連字號比較不會混淆？紐約政壇新秀牛毓琳（Yuh-Line Niou）在桃園出生，自幼隨父母移民美國，至今仍以原名競逐聯邦眾議院席次，紐約市以外的老美能唸對她姓名的沒幾個，連我下筆前都要查證Line的發音是「琳」而非「賴」。職棒投手王建民旅美期間，美國體育版以Chien-Ming Wang稱呼他，姓王的人有一億多，美媒能明辨他姓Wang，但他畢竟未達家喻戶曉的境界。美國導演伍迪‧艾倫（Woody Allen）妻子順宜（Soon-Yi, 순희）是韓裔，Soon-Yi是名，宋姓（송）韓國人的英譯明明是Song，她卻被簡中媒體改稱「宋宜」。在美國，取名有連字號的人仍在少數，想必台韓裔有很多人和我一樣，避那一槓唯恐不及。

　　台韓裔人名有連字號，非裔也有。以《在世界與我之間》榮獲國家圖書獎的塔納哈希‧科茨（Ta-Nehisi Coates）取名源於尼羅河流域的古語Nubia，既有連字號，發音也不太符合英文，但他

不必擔心姓名被錯置，因為Coates是英美古今常見的姓。法文名普遍有連字號，例如法國哲學家尚－保羅・沙特（Jean-Paul Sartre），法語圈的瑞士、比利時和加拿大魁北克等地也常沿用，例如布魯塞爾肌肉男尚－克勞德・范・達美（Jean-Claude Van Damme），英美人士習以為常，不至於反名為姓。

美國南方常見雙名，例如名叫比利鮑伯（Billy Bob）的美國男星松頓（Thornton）。南方雙名絕大多數是雙音節名加一個單音節名，日常稱呼都三音節，沒有簡稱，也不只在證件上才列雙名。為避免第三音節被誤認是次名，有些人會結合雙名，組成一個三音節的單名，例如Maryanne，也有少數人加一槓，例如Ellie-May，不過這些單雙音節字都不脫菜市場名，拼音文的民眾極不可能誤以為姓。

順帶一提，Billy Bob的父親全名William Raymond "Billy Ray" Thornton，引號裡的名字是別名或綽號，通常是本名的簡稱，可和本名並列為證件上的正式姓名。動作片明星巨石強森本

名Dwayne Johnson，巨石是摔角名，全名可寫成Dwayne "The Rock" Johnson。

　　名字相連的例子再多，也遠比不過聯姓。在英語系國家，兩姓聯姻衍生出無數雙姓人，這在學術圈和藝文族群較常見，例如美國電視童星出身的喬瑟夫‧高登–李維（Joseph Gordon-Levitt），Gordon是母姓，Levitt是父姓。英國歌壇常青樹強叔（Elton John）和加拿大製片人David Furnish婚後，兩新郎都保留本姓，但小孩的姓成為John-Furnish。1970、80年代影歌雙棲巨星奧莉薇亞‧紐頓–強（Olivia Newton-John）德國母親姓Born，紐頓–強是英國父親的姓，聯姓源於她的祖父姓John，祖母姓Newton。

　　但也有人選擇不加連字號，直接兩姓前後並陳，不一定是婚姻產物。19世紀美國懸疑作家愛倫坡(Edgar Allan Poe)生父姓Poe，Allan是養父姓。以《芭樂特》（Borat）角色爆紅的英國影星薩夏‧拜倫‧科恩（Sacha Baron Cohen）也有複姓，家

族本姓 Cohen 是猶太民族的大姓，為避免撞名，從祖父那輩開始霸氣多加一個 Baron。美國前國務卿希拉蕊的姓是本姓加夫姓，Rodham Clinton。《黑奴籲天錄》（ *Uncle Tom's Cabin* ）作者斯托夫人也是，全名 Harriet Elisabeth Beecher Stowe，Elisabeth 是次名，婚後從夫姓 Stowe，但保留本姓 Beecher。

兩名搭配複姓，洋洋灑灑 2、30 字母，表格填得下嗎？這問拉丁美洲人最清楚。在中南美洲，首名‧次名‧父姓‧母姓是常態，如果照英文 last name 的定義，認定最後一個字是父姓，那就錯了。曾號稱中華職棒史上最強洋打者的曼尼，全名 Manuel Arístides Ramírez Onelcida，就是典型拉丁美洲西班牙語姓名，先父後母，次名 Arístides 來自父親的首名。拉丁美洲的亞裔呢？祕魯前總統藤森謙也，全名 Alberto Kenya Fujimori Inomoto，照西班牙傳統也是先父後母。南美最大的例外是巴西，沿用葡萄牙傳統，姓的次序是先母後父，例如綽

號 Pelé 的巴西足球王比利，本名 Edson Arantes do Nascimento，母姓＋父姓。假如你巧遇他，嫌他姓名太長，喊他 Billy，他不會理你，因為他綽號的正確發音是「佩壘」。

菲律賓姓名以西班牙文拼音，所以姓也先父後母？諾貝爾和平獎得主記者瑪麗亞·雷莎（Maria Ressa）從繼父姓，本名是 Maria Angelita Delfin Aycardo：首名·次名·母姓·生父姓。把父姓排在最後，可說是揉合了英語系國家的 last name 定義。

既然華人名字加一槓或拆開，都會被誤以為姓，連成一個字又有被唸錯的風險，那乾脆不用中文譯名，直接取個西式名字。無奈，英文名加中文姓的撞名率太高了。不信你問《樓上的好人》作家陳思宏遇過多少 Kevin Chen。

怕撞名，那就獨創一個英文名吧，但也不能不顧及發音。我懂 A-Mei 這名字唸法，因為我大學時代就是她的姐妹了。但我離開台灣後，歌壇出

現A-Lin，我沒聯想到阿妹，十幾年不曉得該怎麼唸，上YouTube聽她本人發音，才知是阿一峇。國際最熟知的A-系列大名是洋基隊球星A-Rod，發音是ABCD的A，假使A-Lin打進美國市場，你猜洋粉絲會怎麼喊她？拼成Ah-Lin比較不會被唸錯。

怕被唸錯又怕撞名，那就用字首縮寫吧？本名Joanne Rowling的《哈利波特》（*Harry Potter*）作家自創筆名J.K.，英美詩人艾略特Thomas Stearns Eliot也用T.S. Eliot縱橫文壇，例子很多，但姓不能縮寫。韓裔加拿大女星吳珊卓（Sandra Oh）如果把姓（ㄛ）拼成O，會被官方以為是縮寫而退件。

全球姓王的華人一億多，李、張、劉、陳、林也多，有方言背景者不妨顛覆國語制式譯法，或把Ma拼成Mar或Mah，歐語達人也可用ü代表「宇」音，ö代表「呃」音，既潮，又能稍減撞姓名的機率。但是，非制式音譯也有幾項大忌。

波特蘭曾有一家歷史悠久的港式餐館「紅花

樓」，紅框黑底黃字招牌蔚為唐人街一大景點，但菜色不盡然甘旨肥濃，遊人看上的也不是古意盎然的設計風格，而是英文店名Hung Far Low——大鵰超雄偉。國人常把洪、宏、紅、鴻、弘、虹譯成Hung，男生還能自豪或自嘲，女生最好改成Hong。香港移民、走音天王孔慶祥（William Hung）能在美國丟盡華人臉，主因是唱腔和舞步吻合亞裔刻板印象，但姓的拼法也功不可沒。除了Hung之外，Dong、Wang也指涉同一器官，Ho令人想到最古老的行業。如果你姓名當中有傅、富、甫、福、芙，有人請你拼音給他聽，你也要有挨罵的準備，因為你會不慎說出髒話的縮寫體，聽美國萌女歌手Gayle唱ABCDEFU就知道Z世代怎麼罵人不帶髒字，所以這幾字的翻譯才最需要創意。還在寫「很有fu~」的朋友也可以戒了。

　　華人沒有次名、中間名，一音節兩音節都是單名，就像你不會把台灣拼成Tai-Wan的道理一樣。其實，根據外交部官網，現在民眾辦護照，「名字

音節中間之短橫，係為便於名字斷音，易於辨識之用，倘外文名字之間不加短橫，本局亦尊重申請人意願，可於申請護照時免繕……」打官腔不忘開明，建議尚未辦護照或準備換照者宜慎重考慮之，從此斷然免繕連字號，從拼音文的角度取名，以杜絕後患為重。

15

詞義一貶再貶，最後崩壞

　　客戶託我代徵一位隨同口譯。履歷來了，有個南方人自稱「艺名：丁老師」（姑隱其姓），曾擔任地方官和明星口譯，經歷洋洋灑灑，可我上網查不到當地姓丁的影藝圈口譯家，視訊面試時甚至直問他名叫什麼，他依然說，「叫我丁老師」。

　　作為一個頭銜，「老師」近年已被踹出杏壇，貶值成不分職業性別的客套語，口氣比女士先生多了那麼一丁點褒褒，「女士╱先生」的敬意也跟著跌一階，所以愈來愈多人敢自稱「我是某小姐╱先

生」，「敝姓某」的正式說法成了長輩專屬的古語。竊以為，老師這稱呼的重點在「老」而非「師」。

反觀英文，Mr/Mrs/Miss 並沒有貶值，自稱先生女士的英美人士幾乎沒有，因此一見電郵以 I am Mr... 開頭，可立判對方是考慮匯皇產給你的奈及利亞王子，秒刪。

貶值的不單「老師」這職業，「師」字級的專業敬語也成了自稱，風向連帶掃到「家」字級，部落格主、自費出書都能以「作家」自居。著作等身的人呢？小說《哀豔是童年》作者胡淑雯曾表示：「作家這個字非常怪，英文 writer 就是寫作的人，相對來說中性，比較像是一個工作。但作家聽起來像是什麼封官，背後是對這個行業從事者過分高尚的想像，這種想像令人覺得很不舒服。這個詞彙本身內建了一種不當的崇拜，它也在召喚一種優越感。」

作家氾濫，「藝術家」更多。英文 artist 泛指文藝人士，不分專職或玩票，不褒不貶，但直譯為「藝術家」，令人看了不禁二手尷尬。Art 是藝術沒

錯，範圍很廣，從文創到摩托車維修包山包海，只不過，沒事揮灑畫筆自娛的大媽是 artist，窩在房間裡打鼓發洩的小宅也是 artist，通通直譯成「藝術家」不僅太吹捧業餘者，更相對藐視到專業名家。

在全民升格為「師」、「家」的現代，師承杜甫、李白的文學家呢？古今都叫「詩人」，尊稱兼自稱，不卑不亢。*The Economist* 雜誌不也謙稱《經濟學人》？

女權運動人士（feminist）一詞也持續探底。有女學家主張，除非親身忍受過女體的劣勢，否則沒資格自稱女權人士，但歐美年輕男子照樣前仆後繼標榜為 feminist，以表示自己支持女男平等。加拿大青年總理杜魯道不但是 feminist，也呼籲男士都自稱 feminist，更聲稱要把兒子教育成 feminist，「一直到大家覺得『是 feminist 又怎樣』」為止。那句話流傳七、八年，feminist 確已貶值到「是又怎樣」的谷底了。臭男生可以別再爽用了嗎？

詞義一貶再貶，頂格的指標看回不回，從

「很」、「非常」，升級到「超」、「極」，甚至演變到「絕絕子」。然而，只要有活人在用，語言一定會變，不會因為你看不順眼，或官方下達禁令，定義就從此定格固化。語言正統派再怎麼討厭，透過翻譯，有些貶值文照樣滲透進中文。英文的「影響」是affect，新世代嫌這動詞太淡了，頂格是impact（衝擊）。傷心難過不值得同情，虛驚一場也要寫traumatic（受重創）才有洋蔥。從前，低潮期只延續一段時日（period），今天在美國TikTok族當中，揮別「年代」（era）才算走出陰影。自稱粉絲表示追星不力，超粉（superfan）才王道。講amazing（棒極了）和awesome（好神喔）時，用撲克臉講，也不算表錯情。epic（史詩級）也是。

　　滲透式貶值最普遍的一例是park。不就「公園」嗎？電腦發祥地之一Bletchley Park，二次大戰被英軍徵收，召集女性解碼師進駐，夜以繼日破解納粹密碼。一群女神深夜聚在「公園」裡搞加減乘除，是走《達文西密碼》神秘儀式的套路嗎？

Bletchley其實是一棟貴族宅邸，性質背景跟《唐頓莊園》差不多，Park是閒人勿近的那種公館，不是公園。

　　公園是「公」眾使用的「園」地，是public park的簡稱，貴族家不算公園，建圍牆收門票的盈利事業也不屬這一型。酌收管理費的國家公園還算公眾園地。《侏羅紀公園》（*Jurassic Park*）設置高壓電圍牆，不歸公眾使用，定義較接近「園區」。Theme park呢？繁簡版普遍譯成「主題公園」，唯獨台灣堅持「主題樂園」，為公園的本意扳回一城。不過，號稱全台唯一國際級海洋主題樂園的遠雄還是定名為「公園」。假如世界第一座amusement park到21世紀才開張，會不會被翻譯成「娛樂公園」呢？Disneyland Park會不會變成「迪士尼公園」？

　　詞義不只私變公。16世紀，英語出現queer一字，本意「怪異、奇特」，古語There's nowt so queer as folk，意指「世上絕無比人更怪之事物」。

一直快到20世紀，queer才被用來貶損同性戀者，
所以《斷背山》上那一對牛仔都撇清自己不是
queer。後來，這字獲英美學術圈和人權鬥士挪用，
漸漸中性化，平權組織Queer Nation也在1980年代
在紐約市掛牌，但queer這字長年困守小圈圈，到
了21世紀初仍以恐同用法居多。反倒是港台譯的
「酷兒」超英趕美，直追「同志」，成為用法略異
的兩個主流中文名詞，罵勁盡失。近幾年，英語圈
的queer才夯起來，名流無論有沒有上過那座山，
都爭相自貼queer標籤，集氣摘除queer字毒刺，
與LGBTQ族群同在，讓queer字的貶義貶值到無限
小。

　　漢高祖劉邦的寵妃是「戚夫人」，如今，市井
小民的太座都叫夫人。貴族騎士現在騎Gogoro。天
選之君的真命天子成了「男友」的代名詞。男生被
喊帥哥是日常，潮酷者為型男，但男神才算地表最
強。號稱「人工智慧」的商家其實連最基本的「機
器學習」都還沒到位。這些全是與時俱進的語言

表徵，有些像火星文或語癌，流行一陣子後被淘
汰，淪為懷舊文體，有些被扶正，列入標準用語。
但也有些新語用久了，導致語意飽和（semantic
saturation），類似日本語言學上所謂的字形崩壞，
像「續」字盯久了，愈看愈陌生，甚至可能誤讀為
「賣」。老師，老而不師，我殷切企盼這偽稱也趕快
崩壞，把光榮敬意回歸給春風化雨師。

　　文字一路貶到當下，標點符號也貶值了，有人
以驚嘆號代替所有標點，句尾的驚嘆號一長串。貶
到極致，詞義崩壞一空，大家乾脆改用國際語——
顏文字。

Part 3

莫忘譯者如意少，
須知世上語言多

16

小語種譯者難尋，
「二手轉譯」又暗藏陷阱！

　　二次大戰末期，日軍為挽救頹勢而祭出殺手鐧，派遣神風特攻隊偷襲珍珠港，人機同體撞擊夏威夷珍珠港的美國軍艦，同歸於盡。行前，日軍飛官團隊知道這是此生最後一役，紛紛留下訣別書。透過遺言，久野正信隊長期許兒女「長大後和父親一樣所向無敵，報殺父之仇。」

　　誰殺誰？報什麼仇？暗算敵手，自願捐軀，有什麼仇好報？難道隊長慫恿小孩立志刺殺天皇？另外，自詡「所向無敵」也不像大和民族的語氣。

我翻譯到這封信的英譯版，怎麼讀也不對勁，實在動不了筆，索性投筆尋根去。久野的遺言全文以片假名書寫，方便幼童閱讀，信末盼子女青出於藍，「不輸父親，不枉我成仁。」由於我的日本語能力一級合格是20年前的事了，早已蜘蛛網密布，再也稱不上「大丈夫」，所以我虛心請教旅美的日語教授友人糸滿真之，證實英譯版有誤。照本宣科就中鏢了。

「二手翻譯」潛藏無形陷阱，譯者很容易誤踩前一位譯者留下的泥淖。這好比接力賽跑，上一棒來了，你伸手向後接棒，接到卻發現是隊友的手機，回頭見隊友一溜煙鑽進人群，怎麼辦？去追討接力棒嗎？或不顧一切跑完再說？接力譯者的辛酸就在這裡。因此，我毅然決定，從此洗手不再做英譯本的二手翻譯。

在飛官遺書之前，我翻譯過以性愛譬喻心靈高潮的《愛的十一分鐘》，原文是我一竅不通的葡萄牙語，作者是以心靈文學《牧羊少年奇幻之旅》享

譽全球的巴西作家保羅・科爾賀，英文版譯者是獲獎無數的英國翻譯家Margaret Jull Costa，文筆平實流暢，我翻譯時零障礙，只遇到單複數前後不連貫的幾處，不影響中文。而我對巴西人的認識也趨近零，所以英譯本讓我察覺不到類似「報殺父之仇」的違和感。

　　對於這種輾轉式翻譯，一般人應該不陌生才對，眾所皆知的例子是古今中外暢銷書《聖經》，原文是希伯來文、亞蘭文和希臘文，而中譯版印行最廣泛的《和合本》（Chinese Union Version）譯自《英國修訂本》（English Revised Version）並參考《英王欽定本》（King James Version）。佛經源於梵文，中譯版的根據是東漢時代的西域語，也屬於間接翻譯。遍尋不著通曉原典的譯者時，輾轉翻譯是退而求其次的變通之道。讀者可能認為，華人圈不可能找不到葡語的譯者吧？葡語達人不是沒有，但坐得住、勇於接受薄酬的譯者是稀有物種，文筆傲人的小語種譯者未必排得出檔期，何況編輯另覓新

人合作的未知數也太多。

　　到了2019年，春天出版社簽下瑞典驚悚作家尤翰·提歐林（Johan Theorin），總編莊宜勳找我翻譯他的成名作《霧中的男孩》。我欣賞瑞典的千禧系列，仰慕挪威的奈斯博（Jo Nesbø），長久以來一直想深度認識北歐推理，如今開門看見提歐林站在門口，怎可能不請他進來坐？我試讀前三章欲罷不能，竟心癢難熬，一口氣接下兩本書約。說好的「不再做二手」呢？

　　《霧中的男孩》以厄蘭島特有的石灰岩草原為布景，故事滄冷而懷舊，我讀完後，非但不後悔，更堅定決心把這本書翻譯到盡善盡美。既然不通瑞典文，我除了忠於英國譯者Marlaine Delargy的譯本之外，也只能在原文專有名詞下功夫，透過Duolingo初探瑞典文的皮毛，因此Julia、Gerlof和作者姓名不循英文發音，虛構地名Stenvik照瑞典文sten和vik意譯為「岩灣」（地名動輒四五字多礙眼），有問題直接提問作者提歐林，確認地名的譯

法無誤，還因而發現英譯本搞錯說話者的小瑕疵。

在英日語地位仍屹立不搖的年代，雖然還不到式微的程度，但往昔所謂的小語種如今已逐漸嶄露頭角，《小王子》（*Le Petit Prince*）不但有直接從法文譯中文的劉俐版，更有蔡雅菁的法譯台版本。幾年前，義大利名著《玫瑰的名字》（*Il nome della rosa*）也推出新譯本，由旅居威尼斯返台的倪安宇直接詮釋，讓中文讀者撥開英譯薄紗，一窺作者安伯托‧艾可（Umberto Eco）的素顏。

《聖經》的原文不僅是小語種，而且年代古遠，其中的亞蘭文更失傳已久，《新譯本》集結數十名學者和文字工作者，直接溯源取經，新增近代出土的《死海古卷》（*The Dead Sea Scrolls*），修正二手版的漏譯和誤譯，但金句仍盡量承襲原譯本，以順應百年來的習慣。然而，信者恆信，在教會中，無論是《新譯本》或《現代中譯本》，仍無法動搖二手《和合本》的寶座。

雖說每一部譯本都可視為新創作，但若能跨越

中介語，貼近原文，失真度絕對小於間接翻譯，這
對於字字計較的《聖經》控而言，可謂一大福音。
在可見的將來，中文圈的瑞典語譯者如果推出《霧
中的男孩》新譯本，我一定率先預訂，投下肯定
票。原譯本善盡宣傳、奠基的義務，拋磚引玉成
功，退場也了無殘念。

17

慎入玉米田！corn 非包穀的時候

　　德國經典撩妹歌〈Ein Bett im Kornfeld〉字面上看似「玉米田」裡的一張床。邀人進包穀田，浪漫嗎？玉米的葉子和甘蔗葉一樣鋒利，進玉米田親熱保證遍體鱗傷兼毀容。德文姓菜的我直覺以為自己搞錯了，結果字典一查，Korn 果真是英文的corn。

　　差別在於，此「控」非彼「corn」。玉蜀黍最初是美洲特有的農作物，哥倫布入侵新大陸後才傳遍全球，英國人起先稱之為 maize，被北美殖民地

民眾改名「印第安穀」（Indian corn），在語言學上
和閩南語「番麥」異曲同工，日後才簡化成corn。
由此可見，corn在英國原本泛指穀物，而不是玉
米。以此類推，舊大陸的德國Korn字和英國corn
字一樣，同指「穀物」，而歐洲最常見的穀物是
麥。蒼穹之下以麥浪為床，詩情畫意多了。放眼歐
洲大陸，日耳曼和拉丁語系也幾乎全用類似mais的
拼音代表玉蜀黍，和英文maize一樣，全屬於西班
牙語maíz的子嗣。

　　15世紀末，英國喬叟的《坎特伯雷故事
集》（The Canterbury Tales）裡，磨坊中屢次出現
corn，是玉米以外的五穀雜糧無誤。20世紀初英年
早逝的英國作家D.H.勞倫斯擅長寫實諾丁罕城鄉風
土民情，小說《兒子與情人》裡有幾個男孩拿corn
去餵雞，膽小女孩米瑞恩也跟著拿maize給母雞啄
食。為什麼？玉米的顆粒比麥大，她可以少痛幾
次。長大後，保羅帶她搭街車，嬌羞的她垂著頭，
「宛如飽滿的麥穗」（a very full ear of corn）隨風

搖曳，若是拿高射炮形的包穀去比喻，未免不倫不類。後來，保羅偕全家人和女友去海邊度假，岸上盡是色調不一的大麥、燕麥、小麥田，獨獨不見玉米。

　　當代英國小說裡，場景若設在上個世紀，corn也多半不是玉米。布克獎名著《佔有》（*Possession*）裡，作家拜雅特（A.S. Byatt）一開頭就提到普羅賽比娜女神象徵corn，由譯者于宥均正確詮釋為「穀物」。諾貝爾文學獎英國名家萊辛（Doris Lessing）童年住過非洲，父親務農種植玉米，在1965年發表的短篇小說集裡，玉米田儼然是非洲農村重點景觀，通篇都以maize和corn區隔。

　　就連美國作家在揣摩英式筆法時，也會細分corn字的定義。007系列小說《全權秒殺令》（*Carte Blanche*）場景設在南非，美國懸疑大師迪佛特別以maize表示玉米，搞懸疑之餘不忘考究。愛爾蘭作家也常用corn泛稱五穀，例如《布魯克林》（*Brooklyn*）作者托賓（Colm Tóibín）著文闡

述愛爾蘭大饑荒的主因，曾提到大量外銷corn後國
內飢民遍野的慘狀。

　　照這麼看來，老牌英國間諜作家勒卡雷（John
le Carré）也用corn表示穀物吧？在《永遠的園丁》
（*The Constant Gardener*）中，勒爺提及某外交官
妻穿「corn blue」裙，但我沒看過藍色的番麥，而
玉米花的顏色是黃中帶綠，麥子開花不靛不紫也不
藍。我研究一番後發現，此corn其實是cornflower
矢車菊，是一種歐洲麥田裡常見的雜草，開藍花，
後來衍生成顏色的代稱。至於corn-colored paper
呢？英美現代一致指的是玉米黃的紙。

　　現代英國人為了避免混淆，有些人用sweet
corn表示玉米，但一般情況而言，從古今、英美、
上下文判斷，大致可辨別corn是不是玉蜀黍；只不
過，有些複合名詞無論英美，含有corn一定是玉
米，例如corn on the cob是帶梗玉米；corn whiskey
是美國土產的玉米威士忌；corn flour和cornstarch
不是同一種食材，營養成分和用法也不一樣，但主

要成分都是玉米，英美皆然。corn flakes 是玉米脆片，但發明人 Kellogg 先生的靈感來自小麥。

也有時候，corn 代表形體，例如 corned beef 指的是用粗顆粒鹽巴（corn）醃製的牛肉，peppercorn 是磨碎前的胡椒果，都是照穀形延伸而出的概念。將形比形，腳丫長繭的雞眼也是名實不相符的 corn。

我在文學翻譯界打滾 30 餘年，並非從未誤踩過 corn 這枚詭雷。《唐頓莊園》編劇家費羅斯（Julian Fellowes）的文筆「英」氣和貴氣並重，藉長篇小說《往事不曾離去》暗諷貴族沒落史，角色之一泰莉（Terry）叱吒貴族舞會季，後來移民美國，體質過敏，不能吃含玉米粉的食品，在餐廳再三刁難侍應。緊接著，敘述者遙想 40 年前那場貴族舞會，DJ 播放的美國熱門哀歌一首接一首，場地布置成農莊風情畫，創意滿點，裝飾品有各種農具，更少不了幾捆 corn。就這樣，在南加州餐廳、玉米粉、美國金曲的誘導下，大叔我被玉叔叔拐進玉米

田迷宮而不自知，晚節不保，請讀者別再追殺了，好嗎？

18

令譯者氣短的英式英語

　　兩層樓的民房，最上面是閣樓，二樓在哪一層？中間那一樓無誤。略有經驗的譯者或許會反問：要看作者是哪一國人而定。

　　有這麼單純嗎？

　　英國懸疑小說《耳語人》（*The Whisper Man*）布局縝密，內容費疑猜，七歲小男孩堅持進住鬼屋，情節恐怖到我半夜不敢下床去尿尿。故事當中有一段，某人進 first floor 臥房穿衣服。作者是英國人，有聲書版由英國名演員 Christopher Eccleston

演繹，我理所當然認定臥房在二樓，沒想到翻譯時，我參照的平裝本裡居然長高一樓。再仔細看，平裝本裡的英式英語全被改成美語了，You look the business 變 You look perfect；黃燈從 amber 轉 yellow；運動鞋 trainers 變 sneakers；英國沙發 settee 也全被搬走，換成美國 couch，譯者心態只好跟著調整為美式。我回頭再比對出版社提供的 PDF 檔和精裝本，通篇和有聲書一樣，全是英國用語，唯獨在美國發行的平裝本採用美語。

　　作者 Alex North 是英國某作家的筆名，美方為推廣「新」作者起見，大手筆刪修英式英語不足為奇，最廣為人知的實例是《哈利波特》系列第一砲，英國書名是「哲人石」（Philosopher's Stone）。出版社透露，「哲人」的古義是煉金術士，但懂這淵源的小讀者不多，而且美國主編認為，書名有「魔」才夠奇幻，所以建議作者 J.K. 羅琳改成「魔法學校」，尚未出頭天的羅琳起先反對，最後才勉為其難接受「魔法石」（Sorcerer's

Stone）。

　　不僅是書名被「美化」了，哈利波特內容也改得「美侖美奐」，許多 mad 變成 crazy 或 ridiculous，但對譯者而言，英版美國化不是問題，吊詭的是譯者容易傻傻被行文帶錯位子，甚至糊塗走進若英似美的「玉米田」（請見上一篇〈慎入玉米田！corn 非包穀的時候〉）。

　　小譯者哪有閒錢閒工夫對照版本？何況美國化編輯也有改多改少的差別，誰知道原版用語哪些沒挨砍，哪些被美語置換？

　　英式的「溫習」是 revision，會被美國人誤以為是「更改、修訂」，所以被美國編輯改成 study 無可厚非，譯者如果見 revision 上下文是「臨時抱佛腳」，大致上能主動切換成英式，不至於誤解。相反的，英國小說《非關男孩》（*About a Boy*）裡的憂鬱媽媽常穿鬆垮垮的毛衣 jumper，在美國版是 sweater，假如原字照登，美國讀者會誤認媽媽穿肩帶式無袖連身裝，清爽俏麗，有別於原版的頹廢。

在同書中，英式的 daft（傻、瘋、怪）躲過刪除鍵，但 mad 在兩個版本裡全是 mad，哪些是生氣，哪些是發神經？所幸在好萊塢爆紅的作者尼克‧宏比（Nick Hornby）不大牌，對我是有問必答，但並非每位作者都願意理睬譯者。（請見〈譯者不能怕被作者嫌笨〉）

在《哈利波特》系列裡，除了毛衣被美國編輯本土化之外，tank top 因為是美國人俗稱「毆妻裝」的阿伯白背心，所以刪修成 sweater vest。由於衣櫥 wardrobe 在美國已演變成「服裝」的統稱，被美版改為 closet。同理，在本土化的美語版裡，cupboard（衣櫃）成了 closet，candelabra（燭台）變成 iron chandelier（吊燈式燭台）。台灣讀者請放心，繁體版從英版翻譯，原汁原味，沒有英美夾雜的疑慮，不純砍頭。

但美國編輯對英式用語的認知也未必一致。《耳語人》裡的「英式瑪芬」crumpet 全部保留，在《哈利波特》裡則改成 English Muffin。Rounders

是一種拿棍子擊球跑壘的英國球賽，比較近似壘球，但《哈利波特》美語版改成棒球。英國男士穿的吊帶是 braces，美國則一律改成 suspenders，因為 braces 在美語是牙齒矯正器，而英國的矯正器是單數 brace。英國 tea towel 非茶巾，而是洗完餐具後擦拭用的抹布，在美版哈利波特裡寫成 dish towel，但美國編輯若覺得 tea 字能保留英國風味，也可能酌情不改。以英國餐飲而言，tea 是下午茶嗎？未必。在比較傳統的英國家庭裡，tea 是晚餐，dinner 是午餐，但多數英國人已和美國同調，晚餐稱為 dinner 或 supper。

美國作家如果寫 007 系列小說，龐德當然不能像美國大兵或牛仔。在《全權秒殺令》中，懸疑大師迪佛筆下的新龐德以智慧手機搞諜報，在南非和回收業大亨鬥智。pop 當動詞用，在美語裡多半是爆破或突發的意思，但在英語裡是萬用動詞，「來」、「去」都可以用，迪佛用了六次之多，當然也不忘在名詞前套一個英國人愛加的 proper，更是

開口閉口 of course，講了不下100次。此外，垃圾場寫成 rubbish tip，運動鞋寫成 trainers，mad 也全表示瘋，龐德用的手電筒是 torch，以 holiday 指度假，以 bank holiday 指國定假日，可見迪佛不但精於羅織謎網，措辭精準度也「超英」。

　　torch 在英國既是火把，也是手電筒，但在美國只代表火把，是美國編輯必改的英國字。pants 在美國是長褲，在英國則是男用內褲，更可形容「爛爆了」，也是英美編輯的眼中釘。英國 pudding 八成不是布丁，而是「點心」的泛稱，也會被用心的美國編輯改掉。另外，運動用語更是兩國兩制，英國足球隊是 football club，會被美國人誤以為美式足球俱樂部。英國球場是 pitch，美國則是 field。英國人打乒乓用 bat，美國用 paddle。英式平手是 draw，美式是 tie。這些用語全和英式引擎蓋（bonnet）、汽車行李箱（boot）、OK 繃（plaster）、工友（caretaker）、薯條（chips）一樣，容易混淆，美版必除之而後快。慘就慘在，就

算譯者查清了版本，看懂了文意，一閃神仍可能誤譯成女帽、靴子、石膏、照護者、脆片，迷迷糊糊上錯樓，和我被拐進玉米田一樣，不mad才怪。

19

別被貌合神離的語文損友騙了

記得童謠《小毛驢》嗎？我沒騎過小毛驢，以前倒是有一個熱水瓶，我從來也不洗，加水時總有一股異味撲鼻。有一年，我心血來潮，接了一本無厘頭童書來翻譯，書裡穿插詼諧的小圖，以童言嘲諷老人聞起來像「熱水瓶」，頗有同感的我不假思索就直翻，心裡正得意，不知怎麼，書沒出版多久，讀者反應了：hot water bottle是熱敷用的熱水袋，作者都畫圖給你看了，怎麼還翻錯？我嘩啦啦啦啦摔了一身泥。

是的，我不但沒騎過小毛驢，從沒聽過 hot water bottle，而且還目瞷脫窗，有圖不看，罪該萬死。熱水瓶其實是 electric thermos，在歐美並非必備家電，小孩拿這種東西比喻臭味，譯者心裡的紅燈應亮未亮，罪狀再加一條。

貌合神離的這一類詞彙在語言學上稱為假朋友，很容易混淆視聽。禮物 gift 在瑞典和挪威表示「已婚」，卻是德文的「毒藥」。義大利文的 camera 是房間，piano 可表示樓層，更可形容「慢慢來」。中文讀者都不陌生的例子是日文漢字：人參（紅蘿蔔）、汽車（火車）、天井（天花板）、覺悟（受死），不勝枚舉。有些日語傳到西方後，定義也略有偏差，以日本料理為例，多數英美人士不是沒聽過「沙西米」一詞，就是把沙西米列為一種壽司，所以 sushi 指的多半是生魚，或是含生海鮮的料理，有些人甚至特別以 sushi roll 代表不含生魚蝦的壽司。因此，I don't eat sushi 不宜直譯為「我不吃壽司」。另外，tempura 是蔬菜或鮮蝦油炸而成的天

ぷら「天婦羅」，不是甜不辣。

　　日語移民美國後的變化多大？「睡布団的美國佬起床，穿上和服去照顧盆景」像話嗎？在美國，這人最可能睡的是沙發床futon，穿的是式樣輕簡的晨袍kimono，照顧的是室內花卉。盆景的英文是bonsai，發音近似盆栽，長相直逼banzai（萬歲），也會令譯者挫賽。最後，古早的英漢字典有些參考日文，把骨科orthopedics詮釋為整形外科，有些更沿用至今，是時候進行字典總體檢了。

　　馮京馬涼之誤是食品譯名的常態。20年前讀到中文「梨形」身材，我瞬間聯想到台產的粗梨仔，但下文接著提「蘋果形」，我才意識到作者指的是下粗上細的西洋梨。「梨形」普及後，大家都明白這詞描繪的曲線，但即使在全民身材皆梨的疫情期間，能直譯為「梨」的只有Asian pear。

　　紅豆綠豆也常整垮譯者。美國人常吃的green bean一般是四季豆，但也泛指所有含綠色豆莢的蔬菜，東亞常吃的綠豆是mung bean，豆芽通常是

mung bean sprout。紅色的豆子通稱red bean，糕餅裡的紅豆則源於日文小豆adzuki，都和生南國的相思豆無關。

機器翻譯裡，綠豆和四季豆是同一種食品。

　　菜單裡的egg roll通常是油炸春捲，不是蛋捲。蛋捲並非英美傳統零食，譯名可以是cookie roll或biscuit roll，懂西班牙文的人可能知道蛋捲始祖barquillo。晚餐附roll，不是蛋捲也非春捲，而是小餐包。biscuit在北美多半指鬆鬆的比司吉，而非酥脆的甜餅乾cookie。另外，pudding不一定是布丁，詳見〈令譯者氣短的英式英語〉。

　　土司麵包是 sliced bread，烤過才叫 toast。carrot cake 可直譯紅蘿蔔蛋糕，但蘿蔔糕是 Chinese turnip cake 或 radish cake。紅白蘿蔔品種不同，還容易辨別，但白菜呢？我以前總把 bok choy 翻譯成小白菜，但有讀者認為「青江菜」才正確，baby bok choy 才叫小白。東西方品種不盡相同，有時候見仁見智。

　　韓江小說《素食者》（채식주의자）英譯本榮獲曼布克獎，韓文只學三年就起譯的英國譯者曾引發國際議論，但不懂韓文的我最好奇的是，原作中的英惠究竟吃純素，或只排斥肉類？東方人吃素，動機多以宗教為出發點，西方人則偏重環保或健康，兩者對素食的定義差很大。英譯本書名 The Vegetarian，這字含義籠統，泛指不吃肉的人，但有些 vegetarians 可吃蛋類和乳製品，能吃水產品的素食者以 pescatarians 另成一支派，所以有些 vegetarians 也可吃葷，有別於新近崛起的「蔬食者」。新譯本譯者胡椒筒向我確認，想徹底淨化自

身的英惠拒吃肉類和魚類，最後連水也不喝了，所以她屬於全素者，英譯本取名 The Vegan 會不會更恰當？因為 vegans 連蜂蜜、明膠都不吃，拒用含動物油脂的香皂，穿皮鞋、家裡有真皮沙發的人是偽 vegans。

　　轎車的 passenger seat 看似乘客座，但乘客也能坐後座，所以副駕駛座比較精準。床尾 foot of the bed 常見的誤譯是床腳，但 foot 是單數，誰敢睡獨腳床？health care 是醫療而非健保。Society page 不是社會版，而是報導名流或文藝等軟性新聞的版面。社會版可以是 Crimes。guinea pig 不是幾內亞豬，而是天竺鼠，但英文裡的 guinea pig 常泛指實驗用動物，絕大多數是小白鼠，不過實驗動物法不保護老鼠，鼠輩常被埋進統計數字裡，白白為人類捐軀。

　　林林總總扯了一堆，無非想揭穿假朋友的真面目，也呼籲翻譯軟體工程師多多餵 AI 吃綠豆和蛋捲，不能再遺害千古。譯者日後如果再上當，害小

毛驢騎士摔斷腿，穿和服去看整形外科，回家睡獨腳床，抱電熱水瓶養病，就等著「覺悟」吧。

20

顏色大有玄機，
不分青紅皂白亂譯是日常

　　有一年，我在加州做隨同口譯，坐我旁邊的台灣客戶介紹「桃紅色」產品，我腦袋閃現美國紅皮桃子的影像，當下譯成peach red。對面的美國人一聽，低頭看桌上五顏六色的30種產品，從中挑出紅豔豔的一款……這時，我眼角瞥見台灣客戶出示她心目中的「桃紅」，才趕緊更正是hot pink。幸好當場有產品，也有潘通色卡，不然如果翻譯到サーモンピンク（粉鮭紅），難道要譯者當場切一盤沙西米示意？

　　跨文化顏色認知互異，紅茶、紅糖在英文是黑茶、褐糖，白髮在英文常寫成銀髮或灰髮，但white-haired 和 fair-haired有時反而無關髮色，指的是紅人、寵兒，和英式英語blue-eyed boy有異色同工之妙。

　　藍眼珠在主人心情好的時候特別湛藍，同一個物體採光不同，色澤也不太一樣。就算同一張相片，顏色的認知也會兩極化，不時在網路上引爆論戰。這支鞋子是灰底藍鞋帶嗎？這件是金白相間的洋裝[1]嗎？

　　紅橙黃綠藍靛紫，英文對應詞ROYGBIV一應俱全，乍看直譯很容易，但麻煩的是，顏色屬於一種主觀感受，各人看法大同小異，難就難在「小異」沒有細微到可以忽視的程度，偏差值有時會大到造成誤解。紅蘿蔔、紅柿子，和草莓、蘋果、西瓜肉的紅是同一色嗎？有些白種人天生滿頭red

---

1　讀者可搜尋：顏色認知　洋裝（color perception dress）、顏色認知　球鞋（color perception sneakers）。

hair，真的頭上頂著一顆紅燈？

　　再雞蛋裡挑骨頭下去，橙色是什麼色？有人說橙黃，有人說橘黃，佛羅里達柳橙orange和東亞柑橘tangerine色差分明，但總之是紅黃合體，多摻一點黃的是橙色，多摻一點紅的叫做橘色，多或少因人而異。那麼，「黃澄澄」是什麼顏色？澄字定義為「清澈、清楚」，稻麥豐收圖卻不見得一片鮮黃或水黃，反而是橙黃，中翻英遇到黃澄澄，譯成orange或tangerine顯得不倫不類，比較接近golden brown不是嗎？顏色豈能不分青紅皂白直譯？

　　「青」更是中翻英的地雷重鎮。古籍明明有「綠」「藍」兩字，卻往往以「青」概括藍與綠，台語也一樣。青還不只這兩色。一般人暴怒或恐懼時，臉變什麼顏色？鐵青。《紅樓夢》裡，蓮青色近紫色。此地黑土疏鬆，《尚書》寫成「厥土青黎」，以青代黑，乃至於後來更有滿頭「青絲」的說法，根本預言到葛萊美、奧斯卡Z世代歌姬怪奇比莉（Billie Eilish）。此外，群青、石青、玄青、

烏青的藍有多黑，也任人表述。這並非差不多先生
特有的思維，古希臘詩人荷馬也愛形容海洋是「深
酒紅」，有學者推測古希臘人是色盲，但另一派專
家指出，荷馬分得出深紅和深藍，只不過用同一個
字統稱，含糊的概念簡直跟中文的「青」互撞。現
代作者也不遑多讓，英文以 blue haze 描述「煙霧
濛濛」的景象。《霧中的曼哈頓灘》裡，作家珍妮
佛・伊根更以 blue shadows under her eyes 刻劃安娜
的「黑眼圈」。

　　青之亂不是華語圈特有的奇景。日文漢字
「青」大多指藍色，綠燈卻叫做「青信号」，植物發
芽是「萌黃色」，竹林吐新葉是「若竹色」，都是
不帶綠字、不同色調的綠。南韓總統府是青瓦台，
屋頂蔚藍，大韓民族眼中的彩虹有「紅橙黃綠青藍
紫」，順序雷同日文「赤橙黃綠青藍紫」，可見藍靛
紫三色的認知和華人不一致。日韓譯者如何應付這
三色，藍直譯成靛行不行？我很好奇。

　　牛仔褲 blue jeans，直譯藍色牛仔褲，對嗎？經

典款牛仔褲的原始染料來自豆科植物木藍 indigo，就是英文彩虹七色 ROYGBIV 裡的 I，靛色。所以追根究底說來，blue jeans 應正名為「靛藍」牛仔褲。

　　Brown 是棕色還是褐色？英翻中譯者常棕褐色混淆，更有人翻譯成咖啡色。俄文有深藍和淺藍兩字，但沒有 blue 的對應字，很令英翻俄的譯者頭疼，好比英翻中譯者遇到 uncle 和 second cousin once removed 一樣，查不到族譜，作者不回答，譯者只能憑主觀自行詮釋。

　　近年來出現 Android green 這色，起源於 Google 公司的安卓系統商標，logo 從 2008 年到 2019 年改了兩次，色調一變再變，到底是黃綠、草綠還是加勒比海綠？有人說是幽浮綠，有人說是 HEX #A4C639，各人心中自有一把尺。

　　拼音語言的擬聲詞多到呱呱叫，中文難以相較量，外語顏色名稱也層出不窮，雖然英語裡多數色名都能直譯為中文，可惜中文的色卡本比英文薄

了幾頁，使得英翻中譯者常有逛過故宮再逛梵谷博物館的感嘆。數據視覺化達人李慕約分析維基百科詞條發現，英文顏色詞數有1600多條，中文僅有250。你可能會說，維基英文版條目總數600多萬，中文只100多萬條，中文使用者的詞條創作沒英語人那麼勤勞，維基中文當然比英文遜色。但從另一角度看，英語系國家的文化和地理背景多元，狗吠聲的擬聲詞彙稱霸各大語種（詳見：〈唧唧、嗡嗡、汪汪！中文擬聲詞夠用嗎？〉），藍、綠、褐、榛子眼交輝，投射出的新色澤較多彩多姿也不足為奇，而且顏色的修飾語「鮮」在英文就分bright、vivid、rich幾大類，更有法式、西班牙風、波斯等地理修飾語，中文有亮粵紅、活陝藍、濃台紫嗎？

　　從前人生活圈狹隘，也沒有影視和網路，見聞遠不及你我，青藍綠黑混為一談，情有可原。中國古畫風格雖內斂，色系偏冷偏素，但敦煌壁畫令人眼睛乍亮，明末清初藍瑛《白雲紅樹圖》也繽紛多

彩，足證古華人不是色盲或色弱一族。到了日據時代，陳澄波和廖繼春的作品別有一番璀璨風情。再看看近代港裔美國畫家梁鴻健，東方筆法融合西式油彩，霞靄輝煌，華人世界不再含蓄有餘、奔放不足了。早些年，國內教育改革一提起美學，反對派總振振有詞「先吃飽再說」，如今大家吃撐了，不該再把美術視為有錢有閒人的餘興，顏色名稱不宜再從外文直譯偷學，可以先考慮淘汰海軍藍，回頭擁抱藏青色。

英文 pink 一字也是 17 世紀末才發展出「粉紅」的定義，如今，含 pink 的色名數量在英文僅次於藍、綠。古代有絳、緋、嫣、殷、紺、彤、茜、赬、緹、綨，都能形容各種色調的紅，只等著被起底活用。

在色名青黃不接的此時，我期盼將來美學和數學平身，全民色心大發，能激盪出更鮮活多樣的中式新色名，有助於譯者不至於愈描愈黑。

21

看！小語種如何出國去？

　　永遠的美人魚李維菁，是高我兩屆的台大新聞所學姊，六年前她透過臉書問我，身為台灣作者該怎麼把作品外譯，我介紹《複眼人》（*The Man with the Compound Eyes*）譯者石岱崙（Darryl Sterk）給她，兩人順利搭上線，後來驚聞她英年病歿，我以為外譯不會有下文了，所以淡忘。物換星移，我到拉脫維亞駐村剛安頓下來，得知她的遺作《人魚紀》英譯本騰躍出水面了，還以為自己被一天18小時的北國驕陽曬花了眼。

在台灣，外譯申請補助金困難，入選台書外譯計畫者絕大多數是得獎作品，叫座但不叫好的書想放眼國際，幾乎是插翅也難翱翔。生前，李維菁的寫作因為不是從參加文學獎出道，缺乏獲獎紀錄使她一直遺憾未能入列外推計畫，新經典文化總編輯葉美瑤透露，李曾說她想自己找人先翻譯，尋求外推的可能，無奈最後不敵病魔。2018年，噩耗傳出才沒幾天，《人魚紀》奪得台北文學獎，如今英譯本 *The Mermaid's Tale* 也透過版權經紀人譚光磊在海外開

李維菁生前聯絡筆者之截圖。

國讀者覺得太遙遠了。所以走出台灣的第一步是取個亲格魯撒克遜的名字先。

我和 Darryl 聯繫上

也把書先寄給他

他說，法國人是惟一比較友善的市場

他的經驗

不過，就看看他是否願意先試譯一點

我接下來才能有材料動作

英文市場的國家太多了，言者目不暇接，所以懶得理丟他語系的文學。

賣，可謂達成她的兩大遺志。

　　英語系國家作者只要打進美國市場，或榮獲國際文學獎，躺著都能賣出翻譯權。小國小語種的鉅作呢？多半要等英文版打前鋒，外國才可能留意到。至於中文圈，全球懂華文的人數只略遜英文阿度仔，而且中文頂級的非華人比比皆是，中文是巨鯨語無誤，可惜嫻熟漢字的外國人不多，真正能把漢字譯成外語的老外更是稀有人種，國外對中文作品的興趣也持續低迷，因此繁簡版原著在文學翻譯界仍屬小語種。

　　人口約台灣兩倍的烏克蘭文也屬於小語種，近似俄文卻不是俄文，被強國入侵後，本土意識怒放，西方民眾總算發現烏克蘭不是附庸國，對烏克蘭特有的語言文化突然感興趣，文壇吹起一陣烏克蘭風。烏克蘭作家譚妮亞（Tania Postavna）曾發表一本童書繪本《那些年，我是個狐狸娃娃》（КОЛИ Я БУЛА ЛИСИЦЕЮ），刻劃一對老夫妻領養小女孩，騙小女孩說她是森林裡撿來的狐狸娃

娃，她從小自認是狐狸，日子過得快快樂樂，沒想到老婆婆病歿後，老先生怕自己年事已高，無法勝任帶小孩的重擔，開始為她物色新家庭，她只好接受再度被領養的事實，開始蛻變為人類。輕聲細語的譚妮亞表示，烏克蘭沒有文學經紀人，俄國染指烏克蘭後，她透過溫達堡國際文人譯者之家（Ventspils Starptautiskā Rakstnieku un tulkotāju māja）介紹，和拉脫維亞Jānis Roze出版社接觸。出版社深受故事和插圖吸引，立刻找高手翻譯，短時間神速發行，接著邀請她前來認識拉國讀者。譚妮亞認為，若非戰爭爆發，拉脫維亞譯本不可能這麼快問世。在此之前，這本書僅有克羅埃西亞譯本。

同樣是烏克蘭人的藝文記者莉納・繆尼克（Lina Melnyk）愛上了拉脫維亞這迷你國家的語言，學了一陣子擱著，怕日久生疏了浪費，於是找來一本亞尼思・阿庫拉特斯（Jānis Akuraters）經典短篇小說集《火燒島》（Degoša sala）。笑聲清

脆似銀鈴的莉納說，她起先是邊讀邊譯著玩，只求
精進拉脫維亞文，沒有發表譯作的盤算，後來有一
天，她向朋友提起，朋友正好認識出版社，請她分
享，然後轉交給一位懂拉語的第三者檢視，認定
是上乘之作，頭四則就此登上文學期刊。她再接再
厲，在即將譯完整本書的當兒，拉脫維亞小說《母
乳》（Mātes piens，英譯本改名《蘇維埃奶水》）正
夯，故事裡母女雙視角並陳，書寫惡國佔領下的小
國女子如何忍辱求生，勾動莉納的閱讀慾，她在臉
書看到作者諾拉・伊克斯坦納（Nora Ikstena）貼
文，一時衝動向作者諾拉打招呼，聊得很投緣，諾
拉鼓勵她去找烏克蘭出版社發表阿庫拉特斯的譯
本，也寄一本《母乳》原文書去烏克蘭送她。打
從《母乳》第一頁起，莉納深受諾拉筆觸的吸引，
加緊為阿庫拉特斯的短篇集收尾，以便能全心吸
吮《母乳》。短篇集譯本發行不到一年，《母乳》的
烏克蘭語譯本也上架了。下一本，莉納如法炮製，
又上臉書認識拉脫維亞詩人瑪拉・莎麗特（Māra

Zālīte），聊到瑪拉的首部小說《五指》（Pieci pirksti），再一次從作者手裡拗來一本書，在2019年以譯本轉介給烏克蘭讀者。

　　拉脫維亞是個典型的弱勢語種小國，社會之先進緊追一水之隔的北歐國家，文化水準也高，可惜人口逐漸縮水中，近年已跌破兩百萬，而其中四分之一國民更以俄文為主語，第二大城道格堡（Daugapils）也位於俄語區。我在溫達堡駐村期間，讀到拉脫維亞文繪本Kiosks，得知作者安娜德・梅樂希（Anete Melece）是定居瑞士的新進視覺作家，2014年先發表動畫短片Der Kiosk，劇中人物以德語囁嚅對話，觀眾聽不懂，也能領悟被環境綁死依然海闊天空的意境，得獎後牽動國際眼線，之後才改編成繪本。三民出版社快手簽到版權後，編輯蔡智蕾碰巧在臉書見游珮芸教授分享短片，於是以作者準備的PDF英譯請她英翻中，定名《小報亭》，也收到拉脫維亞文化部資助的文學推廣平台（Latvian Literature）出版獎助計畫簡章，按

照時程規定，在期限內出版，搶先了美國一步。

　　語種大小是相對的。和英文對比之下，所有語言都矮一截。義大利語系國家少，規模不大，但其文學和義大利美食一樣，較容易為西方國家胃納，從《神曲》（*Divina Commedia*）、《馬可波羅遊記》（*I viaggi di Marco Polo*）到《玫瑰的名字》、《如果在冬夜，一個旅人》（*Se una notte d'inverno un viaggiatore*），不勝枚舉，所以語種雖小，能見度卻不輸英文。《那不勒斯故事》（*L'amica geniale*）四部曲在義大利推出後，極受美國重視，出版社找了幾位重量級義翻英譯者比稿，由《紐約客》（*The New Yorker*）雜誌編輯老將安・葛斯汀（Ann Goldstein）脫穎而出，不但譯作膾炙人口，也因筆名斐蘭德（Elena Ferrante）的作者不願露本尊，結果成為遁世隱名女作家的全球雙語代言人。

　　義翻英的管道高流量，逆向來看，英美文學也很容易直通義大利圈，但小語種想打進義大利，還是得靠有心翻譯家推一把。瑪格麗塔・卡波納

洛（Margherita Carbonaro）以義大利文為第一語，熟稔德、英、法文，曾在北京住過幾年，華語也流利，中文名叫夏韵，媽媽是拉脫維亞人的她卻到成年才學母親的語言。夏韵原以翻譯德文為主，近年重心轉向拉脫維亞，活脫是小國文學大使。她在義大利和拉脫維亞得獎無數，夠分量，能推薦外國作品給編輯，但性格爽朗灑脫的她表示，她推薦的書不但要她本人看得上眼，她也會考量該作品是否已推出其他語種的譯本，已有譯本表示該作家具跨國潛力。但《母乳》一書例外。在醉心拉脫維亞文學的她力推之下，《母乳》譯本搶先在2017年上架義大利，超前全球英文版和德文版。如今，《母乳》已成波羅的海近年來最知名代表作。

夏韵曾翻譯童書《小犀牛穆法》（Mufa）獲獎，作者是拉脫維亞老頑童尤里斯・澤維茲丁士（Juris Zvirgzdiņš）。他寫的童書多數圍繞著小熊托比亞斯（Tobiass）遇到的鮮事。德籍譯者麗兒・萊甫（Lil Reif）也曾翻譯他的童書，和他見面認識

時，他隨手從上衣口袋掏出一隻絨毛小熊，介紹托比亞斯給麗兒認識，可想而知這作家對自創角色的用情至深。深到什麼程度呢？介紹托比亞斯到德國後，麗兒逛街買到一個熊形巧克力點心，送給澤維茲丁士，他不但沒有見熊心喜，更沒有食指大動，反而痛斥麗兒一頓：熊是活生生的動物，怎麼可以做成食品，而妳居然要我咬他吃他？可見語種再渺小，作品出了國門，走得再遠，作者該堅持的理念也不容侵犯，相對大語種的譯者在自行詮釋之前應慎思。

　　吳明益小說《單車失竊記》英譯本曾入圍布克獎，為台灣文學再開啟一道窗，但有機會外譯的台灣作品至今仍在少數。陳思宏的《鬼地方》不但出了英譯本，義大利版也預定由《蒙馬特遺書》譯者 Silvia Pozzi（中文名傅雪蓮）精譯，大小語種一併通吃。對此，外譯第一推手譚光磊表示，輸出的工作不但困難，而且要準備英文譯稿，更要照西方人口味撰寫英文文案，所以每年挑的重點書不過兩三

本。

　　一年兩三本總比兩三年一本好。李維菁藉《人魚紀》抒發：「我們只是要在世上漂亮地行走而已……用自己的樣子，寧可受苦不要平庸。」苦盡甘來，瀟灑登場國際的她，隔世一語道盡天下所有小語種的心聲。豆大的拉脫維亞、遭砲火凌遲的烏克蘭，都能成功外銷文學，台灣沒有走不出去的道理。

Part 4

「譯」世界的
職場現形記

22

譯研所落榜，新聞界逃兵，譯緣剪不斷

　　我大四那年，台大辦全校中英筆譯比賽，我莫名其妙奪魁，事隔兩三個月，志得意滿的我報考輔大翻譯碩士班，結果，一起去考筆試的同學紛紛接到口試通知，住男一舍的同學跑來敲我寢室門，問我接到電話沒。

　　我沒接到輔大電話，倒是同學連環扣，煩死我也。同學一聽我還在等電話，尷尬一句「那我最好別佔線」就閃退。既然線路沒問題，我繼續鵠候到深夜，不肯認輸。

　　沒記錯的話，筆試那天考中英文克漏字、改寫中英文段落、中英文作文各一篇，不考翻譯。我事先打聽過題型，但不知從何準備起，只多多看社論，讀讀《時代》（Time）和《經濟學人》雜誌。我自認弱點在口語，筆試前壓力並不大，以平常心應試。一坐進考場，從不失常的我肚子竟然咕咕叫了起來，劇痛難忍，腋下滂沱成兩座溫帶雨林，所幸考題不難，尤其是作文 Live Now, Pay Later，我特別有感，振筆疾書，引經據典，愈寫愈得意。交卷的瞬間，胃腸警報解除。

　　學校放暑假，我總先把能寫的作業一口氣拼完，然後放心玩兩個月。基於這心態，我對「及時行樂」這考題唱反調。考完後，同學之間討論到這題目，大家都申論 carpe diem 把握當下的哲理，說我和主題背道而馳，等於答錯。我心裡嘀咕著，你又不知道我舉信用卡債為例，反對論寫得多麼精闢。擲地有聲啊。30 年後，BNPL 先買後付果然橫掃美國，成了人人喊打、比信用卡更腹黑的高利

貸。

　　自信過高，落榜的事實一巴掌打醒我。但我不認為唱反調是我考砸的癥結。再過一段時日後，我漸漸領悟主因。台大翻譯比賽，比的是中翻英、英翻中的即戰力，輔大翻譯碩士班不考翻譯，表示考官想找值得塑造的素人，而我卻把自己塗成大花臉，敲鑼打鼓進場。記得在輔大筆試裡，我以 between Scylla and Charybdis 形容「兩難」，落筆時還沾沾自喜：這能顯示本山人的希臘神話底子深厚，兩個遠古海獸名也都沒拼錯，考官一定印象深刻。

　　30年後的我，假如讀文章見這成語，我也會印象深刻，追罵作者一句：賣弄！以我讀過譯過的英文印刷品，加上我聽過的全球英美語，我至今沒再撞見這兩頭海怪。除了這成語，那天我還狂飆幾個考GRE才有的高難度單字。痞到沒力。

　　那時我當然懵懂無知，以為台大冠軍光環罩頂害我馬失前蹄，一心想雪恥，明年捲土重來，所以

去要求體育老師當掉我，讓我延畢讀大五，以免畢業立刻被徵召入伍。

那時我家只有我讀大學，教育費不成問題，但我從大一下學期開始打工，向爸媽堅持學雜住宿費由我自付，以行動證明老么已經長大。決定延畢後，我心想，反正多讀一年也不花家裡一毛錢，通知爸媽一聲就好。我在宿舍走廊打公用電話，向陸軍少校退伍的老爸報告，他一聽，無法接受兒子被留級，更一口咬定兒子有意逃避兵役，不准我回家，語畢，我只聽見嘟——。

火大又傷心之下，我回寢室，拿起剛削好的柳丁，放下，改拿水果刀，對準左手腕，聽見室友的鼾聲才作罷。

大五，我搬出男一舍，租個小房間準備重考。這次是卯足全力，去圖書館影印社論，挖掉一些詞黏在文章背面，隔幾星期拿出來考克漏字，同時也找文章磨練改寫，自訂題目寫作。沒背景、沒財富、沒繳過補習費、非邊疆民族、沒出過國、更沒

才華，只好閉關深造。

　　懸樑刺骨之外，我兼幾個家教，幫補習班閱卷，為美商寶僑家品做同步口譯，有空自個兒去郊外散散心。有一次獨遊日月潭，住進旅館，老闆拉著我聊天，我打哈欠表示累了，他還不放我走。我很怕話題觸及落榜的醜事。退房時，老闆吞吞吐吐透露，前陣子在附近某旅社，有個大學獨行俠在房間浴缸輕生。

　　台灣最美的風景果然不是日月潭。是開展眼界的時候了。我一直想當記者，而台大新聞研究所也只考中英語能力，我筆試口試都過關。在開學之前，美國前國防部長錢尼訪台，花旗銀行徵選十名大學生和他面對媒體談時事，我躬逢其盛，見識到新聞實務的幕後，更堅定從事新聞工作的決心，從此雖口筆譯工作不間斷，卻決定省下報名費，不再執著於翻譯碩士班。何況，輔大口譯組四年才拿得到碩士。同樣讀四年，都可以攻博士了，當時我如此安慰仍待癒合的心靈。

　　台大新聞第三屆聘請曾獲普立茲獎的美國報社資深主編Stan Abbott傳授採訪寫作，寄居國際青年活動中心的十幾個碩士生接受實作考驗。我有獎學金可領，但翻譯依然是我的衣食父母。記者即譯者，工作本質同樣是中介訊息。在新聞碩士班，我比多數譯者多了兩年雙語實戰特訓，對翻譯能力只有加分作用。

　　取得碩士，熬過近兩年的黑暗部隊生活，通過日本語能力測驗一級，我夢想英日通吃，卻再次被輔大事件的鳥嘴啄醒：又光環罩頂啦？英文已經強到可以兼顧日文了嗎？於是決心專攻中英。日文擺著跟村上春樹交心才用吧。

　　第一份全職工作是進《英文中國郵報》（*The China Post*）跑新聞。一陣子後，社長得知我曾是週日學生雙語版《學生郵報》（*Student Post*）的小讀者，指派我另創一份非假日版的雙語新聞*GuidePost*，鎖定社會人士。推出後，有些政府機關和公司行號每天影印雙語版，分發給同仁參

考。社長為乘勝追擊，再指定我接掌《雙語學生郵報》，大幅改版，主打高中校園，發行量爆增12倍。進報社當英文記者編輯，竟又被彈回翻譯圈，可見我註定跟翻譯孽緣難剪。

赴美後，社長有意出版中英並陳的社論選集，叫我有空在美國翻譯。我算著字數乘以價碼，認定筆譯不能當正職。社論還沒翻完，已取得蒙特瑞翻譯碩士的同學聯絡我，說她打算升等當母親，想把小說《我綁架了維梅爾》轉給我翻譯。那時，我在南加州的讀書會正好在討論這本書，我不經大腦思考就同意接下。餓死也值得。

和新新聞出版社編輯黃秀如合作愉快，推出《我綁架了維梅爾》後，我再接兩三本，漸能掌握進度，加上當時先有網路泡沫啵然破滅，後有9/11事件，失業率飆高，我雖在書中沒找到黃金屋，至少能在南加州胡椒樹下眺望長堤市，在溫哥華公寓欣賞英倫灣夕陽和松雞嶺雪景，在俄勒岡州家裡看紅頭蜂鳥求偶，聽啄木鳥敲煙囪，在水溫15度C的

哥倫比亞河游泳，在後院種櫛瓜和黃金覆盆莓，享
受恬靜的北美生活。換個環境，譯者的心筆也跟著
變。在故事設定的西半球實地生活，感受迥異於走
馬看花式的遊歷，和影視情境更有天壤之別。假如
我的分身在台灣翻譯同一本書，成品和我本尊在美
加的譯作絕對判若兩人。

　　目前我定居波特蘭近郊。波特蘭在美國屬於二
線大都市，人文薈萃，是玩音樂、搞藝術的青年紛
至沓來的文化綠洲，更有盤踞鬧區一整個街廓的全
球最大獨立書城 Powell's，圖書館借書率僅次於紐
約市，我在這裡譯書是如魚得水，有時接一接零星
的口筆譯案子換換口味，但接 case 總像兒時幫母親
做家庭代工，缺乏譯書的使命感，因此生涯的重心
始終固定在文學翻譯。

　　假如當年考上翻譯研究所多好，失眠的我常在
凌晨 3 點苦惱。能跳過大五那場家庭革命和心靈幽
谷，不必白兜一大圈又回歸初衷。但腦筋一轉，我
卻想到，新聞那一圈的收穫不能說不豐碩，何況如

果一舉考上譯研，少了落榜的啟示，我會不會反覆
搬出古希臘海怪自爽？一時的奇恥大辱，演化成終
身受用無窮的神器……下次再失常，魯蛇我可以歡
鑼喜鼓撒花慶祝了。

23

譯者也有加菜金
—— 加拿大圖書館
「公共出借權」補貼這樣算

　　十幾年前，住溫哥華的我翻譯到一本加拿大推理小說，遇到疑問，直接發電郵請教加籍作者，和她筆談甚歡，她問我收到今年的 PLR（public lending right，公共出借權）支票沒？這是井底之蛙的我頭一次認識「公共出借權」。原來，在加拿大，譯者除了版稅或稿酬之外，政府還會給小錢意思意思，以補償借書不買對創作者造成的損失。

　　2020 年初，台灣教育部和文化部開始試辦公共出借權，作法是統計公立圖書館的館藏借閱次數，

每出借紙本書一冊補償三元，亦即創作者得二點一元，出版社分九毛。可惜申請手續繁瑣，補助金不高，影響出版社參與意願。更令譯者扼腕的是，**翻譯書籍被封殺出局**。

根據國際公共出借權組織（PLRI）統計，截止2018年，全球共33國實行公共出借權制度，除加拿大、澳紐、以色列外，歐洲囊括29國。

以加拿大而言，國家文藝理事會於1986年成立公共出借權委員會，由政府出資補償創作者，以2020一整年為例，共有近1萬8000人獲益，總支出達1400餘萬加幣，每人從50元加幣起跳，最高4500元，有聲書、電子書、插畫家、編輯、攝影師、有聲書的聲優都可分紅，但僅適用加拿大公民和永久居民，而且不含教科書和報章雜誌。此外，食譜、旅遊指南、教戰手冊、使用說明書、參考書等實用書籍也被排除在外。

每年，針對加拿大各省與領域的42所公共圖書館，PLR委員會從中抽查七所，如果某一本書是

七所之一的藏書，創作者就有錢可領。我舉2020年
的個人實例。

Title ID	Language	Title	Type of contribution	Search results (Max 7)	% Share Claim	Payment
	Canada Council for the Arts / Conseil des arts du Canada	**Registration Summary**			File Number: ▓	
	Public Lending Right Program / Programme du prêt public	EDDIE Y. SONG			Date: 2020-02-17	
Registration Category I: 2015 to 2019 (Rate per hit: $66.84)						
181467	O	THE AFTERMATH - CHINESE SONG, YINGTANG	Translator	0	50	0.00
179361	O	THE SILENT GIRL - CHINESE	Translator	2	50	66.84
179360	O	THE GRANDMOTHERS - CHINESE SONG, YINGTANG	Translator	0	50	0.00
179359	O	BOY ERASED - CHINESE	Translator	0	50	0.00
172627	O	THE PAINTED VEIL - CHINESE	Translator	1	50	33.42
172625	O	CAMINO ISLAND - CHINESE	Translator	4	50	133.68
172624	O	THE MOUNTAIN BETWEEN US - CHINESE	Translator	2	50	66.84

　　美國懸疑法醫小說《緘默的女孩》譯本於2018
年由春天出版社發行，我在2019年4月影印封面
和版權頁，寄給PLR委員會。在2020年PLR抽查
的七所圖書館當中，《緘默》為其中兩所的藏書，
即使這兩所總共有十本《緘默》，就算《緘默》借
閱再頻繁，也僅以「2」計算。還有，因為作者泰
絲‧格里森非加國公民也不具備永久居民身分，於
法不得申領補償金，身為譯者的我也只能領一半。

算式如下：

$$\$66.84 \times 2\ 間圖書館 \times 50\%\ （譯者和作者均分）= \$66.84$$

各國 PLR 的算法不同，有些側重借閱數，有些計算館藏冊數，各有各的主張和理論，有些措施對專業書和通俗書一視同仁，有些算法讓冷熱門作者平身，但缺點是每人獲益偏低，這是加拿大 PLR 的特色。值得一提的是，加拿大的算法喜新厭舊，五年內的書可領 66.84 加幣（譯者 33.42 加幣），六到十年的書打八折，11 到 15 年打七折，因此 2005 到 2009 年登記的書只有 46.79 加幣（譯者 23.40 加幣）。登記 16 到 25 年的書六折，活得愈久，每年領得愈少。登記 25 年以上的書完全分不到一杯羹。

在拙譯當中，年復一年的獲利榜首是《宙斯的女兒》。新新聞在 2002 年發行這本醜小鴨變天鵝的勵志自傳，遼寧教育出版社也在 2003 年發行簡體

版，我遲至2009年被作者點醒，才填表向PLR委員會登記。過去十年間，《宙斯》曾連續三年全壘打，換言之在那三年，PLR每年抽查到的七所圖書館裡全有這本書的芳蹤，但我不清楚是哪幾所，紅的是繁是簡體版也不得而知，更不知道借閱率能不能逼近加拿大國寶級作家瑪格麗特・愛特伍（Margaret Atwood）的尾數。

　　以我翻譯的文類而言，懸疑小說在加拿大圖書館普及率最高。我定居溫哥華期間翻譯了十幾本傑佛瑞・迪佛，現在粗略算一下，他佔我的PLR收入竟然高達三分之一，對我這種葷素不忌的譯者也算是一種鼓勵。

　　讀到這裡，讀者可能會建議，為確保年年全壘打，乾脆各寄一本給42間圖書館不就好了？問題是，自購書是一筆開銷，幅員遼闊的加國包裹郵資也比天高，而且捐給圖書館的書未必能本本上架，因為大多數捐書可能淪落被賤賣的下場，視各館的政策而定。另外，即使一本書有幸躋身館藏，能佔

架多久也要看造化，沒人看的書會被趕進回收桶，夯書被借爛也是死路一條。一般而言，台灣的出版社多半不會捐書國外，加拿大圖書館裡的中文書可能是應讀者要求而自購，但絕大因素是留學生歸國前捐書嘉惠後人。國內出版品的翻譯書比重高，為何試辦公共出借權的範圍剔除譯者？依筆者淺見，國內普遍將翻譯視為一種專業，是讀外文系、學有專精或雙語人士才有的一種技術，迥異於歐美對譯者的觀念。在歐美文化裡，翻譯是一種藝術，美就好，譯文準確度倒還在其次，東西方的歧異從曼布克獎得主《素食者》的英譯本爭議可見一斑──韓國讀者鑽研譯文找碴，英譯本的讀者卻獨鍾行筆風格，雙方各自表述，各有各的道理。出借權在台灣由文化部和教育部共同推動試辦三年，文化部鼓勵自由發揮，教育部則重視專才，台灣文學譯者不妨從這角度切入，集中火力向文化部而非教育部爭取權益，三年後說不定吃路邊攤還能叫老闆加一顆滷蛋喔。

24

在《斷背山》
的湖光山色裡譯書
—— 文學譯者也能駐村

　　一提起美國文豪沙林傑，大家總想起《麥田捕手》，我卻不然；我想到的是《斷背山》電影裡的湖光山色。同理，《霧中的曼哈頓灘》不灰濛濛，不近海，更不在紐約，而是一股德荷邊境的白蘆筍香。因為在我心目中，這兩譯本的內涵緊扣加拿大班夫（Banff）和德國司卓倫（Straelen）這兩趟駐村的體驗。

　　在歐美，駐村並非美術工作者的專利，連文學譯者也能參一腳。駐村多半由非營利組織或政府文

化部門舉辦，以推廣藝文為宗旨，提供短期膳宿給
創意人士參與，年齡國籍不拘，盼背景大異其趣的
國際村民打成一片，激盪出更瑰麗璀璨的創思。台
灣文學館曾兩度邀請外籍漢學譯者來台駐村並舉辦
工作坊，但台灣的英歐語系譯者其實也有機會向外
爭取駐村的機會，只需提出申請，介紹生平，撰寫
一則翻譯心得，列舉已出版譯作並出示新譯書合約
即可。

　　我 2017 年 2 月向歐洲翻譯中心（Europäisches
Übersetzer-Kollegium）提出駐村兩週的申請，當
時簽的書約是社運經典作《黑暗中的希望》（*Hope
in the Dark*）。但收到錄取通知後，時報主編嘉世
強發給我《時間裡的癡人》（*A Visit form the Goon
Squad*）作者伊根新作《霧中的曼哈頓灘》，我一來
抱著先讀為快的私心，二來不想遠赴德國和譯者朋
友辯論美國時政，於是硬著頭皮去信向院長 Regina
Peeters 詢問是否能更動翻譯計畫，幸好伊根的譯本
也享譽歐陸，院長立刻同意了。

　　司卓倫鎮小到很多德國人都沒聽過，鎮名的發音也和主流德文不太一樣，我從阿姆斯特丹前往途中每提目的地，總遇到疑惑的目光。此外，可不要被歐洲翻譯中心的 Kollegium 一字騙了。這字表面上是「學院」，但不開課也看不到教授學生，更沒校園可言，而是位於鎮心一棟外觀素雅的兩層樓中庭式建築裡。我辦好手續，進房間，欣然發現我分到的套房是圖書館的一部分，從小想通宵泡圖書館的我終於圓夢了。安頓下來後，德翻土耳其語的駐村首席譯者 Regaip 帶我認識環境，有利於我和已進住幾天的譯者混熟。頭一星期，我騎單車穿梭德荷邊境的萵苣和白蘆筍田間，在湖畔和樹蔭讀《霧中的曼哈頓灘》，沉醉於奇女子尋父故事中，第二週才蝸居套房裡，敲鍵盤苦譯，窗外蘋果樹上有雛鳥討食聲，也有教堂大鐘噹噹伴奏，腦筋打結時才出去找其他譯者閒聊。

　　這裡多數是德、法、荷、英、西等語種的譯者，我礙於德文不輪轉，無法和一名保加利亞譯者

交流，幸好多數歐洲譯者都至少稍通英文，甚至有一位來自米蘭的中翻義教授Silivia Pozzi（中文名傅雪蓮），和我中英文交談甚歡。我和她的共識是，其他語言組合的譯者不懂我們的工作多艱辛，以德荷兩語言來說，相似度未免太高了吧。由於司卓倫駐村只供住宿（每週收清潔費20歐元），早午餐多半在中心的廚房自理，作息不同的譯者不太容易碰面，所以晚餐大家常相約出去吃。此外，由於30間套房裡的每位譯者駐村時日長短不一，送舊迎新幾乎天天都有，能陸續認識新來的譯者，不愁沒話題可談。某天，有一位住科隆的西翻德譯者忘了帶走一袋私人物品，我自告奮勇搭火車送去，他也以開車帶我遊覽科隆酬謝我。

在我駐村兩週期間，適逢司卓倫翻譯獎頒獎典禮，得獎人Frank Heibert的譯作包括桑德斯的《十二月十日》，令我詫然回憶起，我於2013年翻譯這本鬼靈精怪的短篇小說集時，曾向桑德斯請教問題，他不僅回信神速，更附上一份整合德法義大

利譯者的問答集給我參考，附檔裡的德文譯者正是
Frank Heibert。典禮後他告訴我，文學譯者的宇宙
真小。

　　和司卓倫的自由隨性相形之下，加拿大班夫
國際文學翻譯中心（Banff International Literary
Translation Centre）駐村另有一套獎助進修法。班
夫以精進翻譯藝術為期許，採取工作坊的模式進
行。2014年度入選的17名譯者同一天報到，陸續
有作者和編輯加入。班夫是人間仙境，切磋學習與
交誼並重，而且膳宿費全免，更有些許飲食津貼，
因此每年申請者踴躍，各界的譯者無不是有備而
來。

　　班夫每週一三五下午召開圓桌研討會，譯者
輪流以目前翻譯的作品為主題做報告。由於我的譯
作最多，主任指定我打頭陣。我的《永遠的麥田捕
手》屬於傳記文學，是我翻譯過最龐雜的一本書，
雖然全書繞著沙林傑一人打轉，但他在童年、青少
年、成名前後、晚年的筆調迥異，我以拙筆翻譯起

來常覺得力不從心。本書訪談、引述、節錄的對象如過江之鯽，特別適合以「語調」為題發揮，所以我請同學們朗讀揣摩男女老少受訪者的話風，然後簡介中文語尾助詞的用法，解釋如何區隔老漢和少女的語氣。我最後以「傑洛姆·沙林傑」為例，大吐姓名中譯的苦水，因為沙林傑的名字可簡稱傑瑞，但讀者未必知道傑瑞就是傑洛姆，更何況他還有小名Sonny和縮寫名JD。在場的法、德、荷、捷克、波斯、希伯來、西班牙、土耳其、冰島文譯者，多數都不擔心讀者愈讀愈迷糊，但我的立場是，譯本已內建文化隔閡的難度，譯者不宜再為讀者添障礙，名字翻譯能統一就統一，親疏的語氣可加進行文裡，以區分「正名」和「小名」在原文裡的差別。隨後三星期，其他譯者陸續報告各語種的酸甜苦辣、詩譯的節奏感、語域異同等課題，不時穿插一些各國誤譯鬧出的笑話，輕鬆一下。

　　在譯者研討會的空檔，班夫安排作者出席搭配譯者的座談會，波斯文譯者Mohammad Javadi和囊

括多項加拿大文學獎的 Joseph Boyden 和大家分享雙方的心聲共振。此外有一天，主辦單位邀請紐約市 New Directions 出版社總編 Barbara Epler 前來暢談譯者投稿和編輯取捨的課題，也有一天，墨西哥原民語言學家 Enrique Herrera 搭配 Tarahumara 文譯者探討原民語言存亡問題。除主任 Katherine Silver 外，全程另有四位顧問和大家一起作息，各個是著作／譯作等身的資深譯者。

　　研習、聽演講、閉門工作之餘，課程和駐村項目玲琅滿目的班夫中心有免費游泳池、健身房、瑜珈教室，主任也安排踏青、登山、泡湯、遊覽明尼萬卡湖和路易斯湖等活動，徜徉電影《斷背山》取景的壯麗山河，晚上聚餐完去舞池跳跳舞，夜深了移師譯者專用的文人交誼廳，把酒彈吉他唱歌。不消幾天，本班已培育出異同性戀各一組的「班對」。

　　有了德國和加拿大這兩次駐村經驗之後，我再接再厲，申請到 2022 年駐村拉脫維亞 Ventspils 國際文人譯者之家四星期的機會。雖然吳爾芙曾

說，自己有個房間才寫得出東西，但我認為，不時
出門讓譯筆喝喝活水也是好事。我對波羅的海三小
國的認識是零，屆時翻譯哪本書也還是未定數，就
算沒有湖光山色也嚐不到白蘆筍，我知道2022必定
能為我的眼界再開一扇窗。

25

無罩駐村譯書，裸裎波羅的海

2020年初，我申請到拉脫維亞翻譯駐村機會，不到一個月，鎖國新聞陸續從全球各角落傳出，悲觀到極點的我竟看到光明面：還早，反正還有兩年半。百年前西班牙流感過後，不也激盪出「咆哮20年代」（Roaring 20s）的文化新氣象，不也留給後世《大亨小傳》和《太陽依舊升起》嗎？

疫情橫掃全球兩年半後，病毒賴著不走，但旭日依舊天天升起，於是我仗著疫苗和N95口罩的保護，帶著美國前國務卿希拉蕊新作 *State of Terror*

譯稿，戒慎從美西飛往防疫最佛系的瑞典，轉搭渡輪，航向波羅的海彼岸，站上未知國度拉脫維亞，進駐溫達堡（Ventspils）[1]國際文人譯者之家。

　　稿子在海風中浸潤了三週，以希拉蕊和民間摯友為範本的國際政治驚悚小說總算能收尾。這天，駐村中心主任Andra請大家品嚐拉脫維亞特色餐：aukstā zupa，粉紅涼湯。蒔蘿草的清香撲鼻，濃稠的克菲爾酸奶（kefīr）裡滿載小黃瓜、韭菜、白蘿蔔，通通被甜菜根染成棉花糖特有的夢幻粉紅，搭配一個水煮帶皮馬鈴薯，撒一小撮鹽巴，就成了本地傳統消暑養生餐。臀部一落椅，我馬上彈跳起身，打開通往後院的門，促進空氣流通，因為駐村中心裡外沒人戴口罩。而且，皮膚純白的全城只有我一個黃臉孔，蒙面加倍引人側目，所以我隨俗。

　　兩天前剛報到的英國譯者來了，和我隔一個座位坐下，不理我。昨天我和他一起騎單車去海邊游

1　Ventspils 音譯為「文茲皮爾斯」，原文意思是「溫達河畔的城堡」。

泳敘舊，約好了今天再去。他今天神情有異。

我比他早報到三星期，已和同梯的歐洲譯者混熟了。駐村中心的譯者和作者當中，有幾位是懂俄語的本國人，也有些譯者懂拉脫維亞語，烏克蘭譯者母女跟白羅斯[2]譯者夫妻言語相通，其中也有幾人以德語為主，但只要我在場，大家總不忘可憐我，改講英文。

駐村過程中，我跟隨故事裡的國務卿偕同手帕交力戰國際惡煞，高來高去，潤稿過程比順利還順利。我也常和其他譯者聊書，相互衝撞靈感。我曾考他們一個腦筋急轉彎問題：美國「外交部長」是誰？沒人答得出來，我猜有些台灣讀者可能也不明白「國務卿」就是美國外長，而在 *State of Terror* 故事裡，職位對等關係串聯出高潮迭起的跨國情節，所以我在譯文裡提一筆，好讓國內讀者和美國常識接軌。

---

2 舊稱 Belarussia，今稱 Belarus，舊譯白俄羅斯，以下簡稱白羅斯，以呼應該國「去俄化」運動。

　　夢幻涼湯席間，多數人講英語，唯一母語人士的英國譯者卻寡言。我和他在德國駐村結緣，五年來一直以 WhatsApp 保持聯絡。昨天，我和他一起在戶外吃晚餐。英國 2020 年疫情第一波，他就中標，隔年再中一標，後遺症至今未消，影響到心律。打過疫苗後，他聲稱有 super immunity，也就是傳說中的無敵星星。我說我疫苗打滿四劑，至今沒得過 Covid，所以是個 Novid。我說我最怕染疫而不自知，間接害死別人家的老婆婆。他說，這樣的話，錯在病毒，不在你。我說我會因此愧疚一輩子。他說他只會「有一點點」難過而已。他也高談陰謀論，一一被我戳破卻提不出反證，漢堡晚餐吃到最後一臉帶賽。我一面挑鯡魚刺一面暗忖，生物界有你這麼寬容的宿主，難怪病毒愈變愈刁鑽。

　　粉紅涼湯的白瓷缸見底後，無敵星匆匆離席，像在躲我。下午，我從完稿抓出幾個問題請教作者，然後換好衣褲，在走廊撞見他，他悶悶說，這兩天太陽曬多了，頭有點暈，想休息。我獨自騎

車去海邊，人多，往南再騎一段，有條岔路，路標寫著pludmale，海灘，這拉脫維亞單字我曉得，那……nūdistu呢？拉「脫」維亞，民風果真如國名？耐不住好奇心，我順著雲霄飛車似的曲折木板道騎進去，隔著沙丘，遠遠見淺灘上人影稀疏。我鎖好腳踏車。脫吧。沒啥好靦腆的。寬廣的沙灘上不到十人，或坐或臥，彼此距離至少百步，不見怪叔叔拿著望遠鏡猛瞧。這天海面特別平靜，水裡無海藻，我徹底放鬆，頭一次仰泳成功，簡直回歸胚胎，一絲不掛，整個人掛在液態海綿上，懶懶讀著白雲天書，以逆滲透作用濾淨念頭，不再有時光、國界、疫情、截稿日，煩憂一滴滴從渾身毛細孔流散。悠游一整個小時，上岸直接擦乾，不用沖澡，因為波羅的海鹹度全球最低，不燒眼、不嗆鼻、不黏身，股溝趾縫零海沙。沙灘上更有粉藍海玻璃和七彩鵝卵石可撿拾留念。

　　回寢室後，我去敲門看無敵星。他病奄奄說，心跳又飆高了。他把護照和旅遊保單放桌上說，

現在要睡了，房門別鎖。我說我解除手機「睡眠勿擾」模式，你有狀況馬上通知我。隔天我一大早發簡訊關心他，沒回應。大概還在睡。我去農民市集買菜時，簡訊來了：心律回穩，但下床仍站不住。我買幾樣早餐給他選擇，拎著大包小包進他房間，見他戴著一個爛趴趴的醫療口罩，換我心臟狂跳了。我回房間，從行李箱挖出備用KN95，把我從美國帶來的快篩送他。不多久，他回報結果。兩條線。這是他第三度確診。

我趕緊通知聯絡人Ieva，請她轉告主任並通知粉紅午餐十人。

在我完成 *State of Terror* 譯稿前，我已著手訪問譯者，準備寫一篇拉脫維亞文學外譯的歷程，也打算把握最後一星期遊覽鄰國立陶宛，這下子工作生活步調大亂。廚房裡不再笑聲連連，大家戴著口罩快進快出，也不再圍桌喝酸溜溜的沙棘果汁談文學。屋外艷陽每天高掛18小時，廣場上依然遊人如織，屋內卻變得陰氣沈沈，人人自危。我和確診者

相處最密切，幸好除了那一頓夢幻午餐外，互動全在戶外。我繼續送餐飲和日常用品給他，擺在他寢室外的高腳椅上，自己回房如坐針氈。

　　拉脫維亞不硬性規定居隔，抗疫靠民眾自律。居隔最後一天是我生日，我黯然以天天必吃的葡萄乾起司蛋糕[3]為伴。翌日我快篩陰，樂得飛奔圖書室找幾本書，去菜市場買煙燻雞和蛋皮肉卷當晚餐，然後視訊訪問已轉往瑞典戈蘭島駐村的烏克蘭譯者莉納。在溫達堡期間，她和母親曾熬一大鍋烏克蘭人發明的羅宋湯請大家。臉書Messenger裡的她哭喪臉說，她的家鄉Vinnytsia剛被俄軍轟炸，幾個朋友受傷，改天再談。

　　我每隔幾小時發簡訊關心無敵星，其他人見到我，也問他情況怎樣。反觀他，問都沒問有誰被他感染。以他的觀念，錯在病毒，不在他。駐村中心陸續另有三人確診，全是那天粉紅涼湯的饕客。

---

3 biezpienmaize，字義是「茅屋起司麵包」。

　　駐村除了聚餐交誼外，也提供文人協作的環境，讓譯者跳脫柴米油鹽，為文筆灌注靈活多元。此外，疫情對我的譯稿也不無貢獻。在 *State of Terror* 裡，國務卿的紅粉知己愛飆髒話，被前總統氣炸的她創意爆發，搬出一個又一個髒字來造髒句。

　　萬不該連結的國罵之間也做出字與字的連結，名詞變動詞，動詞再變成天花亂墜詞，雜交出一句句難聽又詼諧的氣話。

　　...as she combined and conjugated words that should never, really, have conjugal relations. The ensuing progeny was both grotesque and hilarious, as she turned nouns into verbs, and verbs into something else entirely.

　　原文的兩位作者是無所不談的好友，攜手創作樂在其中，這裡用 conjugate（交配、詞類變化）一語雙關兼逗笑，我的選詞靈感就是出自疫調金句。

　　同一梯的參與者當中，除了白羅斯夫妻檔外，可能只有腦與心的連結。自律期間，白羅斯譯者荷麗娜（Halina Sviryna）埋首翻譯17世紀英國史詩《失樂園》（*Paradise Lost*），希望推出地表首部白羅斯譯本。她說，白羅斯民眾一直都讀俄羅斯或烏克蘭譯本，但白羅斯是主權獨立國家，正式國名不再是「白俄羅斯」，所以一定要有當代白羅斯版。奧地利小說家Florian Gantner在他房裡構思新作。最年輕的一位是拉脫維亞大學生，輕微症狀齊全卻篩陰，居隔中。曾譯過法國作家波特萊爾的拉脫維亞譯者Gita Grīnberga早幾天回家去了，逃過一劫。她家在首都里加（Rīga）附近。

　　居隔結束，我的駐村也近尾聲。加拿大駐村有巍峨群峰環繞，德國駐村在小鎮田野間，這次位於河口海邊，各有各的優點。水是物種的起源，我的翻譯靈感也常在游泳時萌生。翻譯遇難題，兩眼瞪著紙本和iPad，腦筋打結，不如去海邊泡一泡水，往往能化死結為活結。這次駐村也打通我國際觀的

死角，認識了我一無所知的小語種冷門文學，體驗到實地生活才有的人文氣息和風土民情。

　　但我最大的收穫無疑是友誼。住過北京的義大利譯者夏韵喜歡聽台灣人講普通話，我嗲給她聽。她曾經一聽我年紀，眼也不眨，正確秒猜我屬狗。駐村最後一晚，她找德國譯者麗兒一起為我送別，我暗中以這餐為自己補慶生，麗兒介紹她最愛的德國臭起司Leichenfinger給我見識，三人在海風中吃喝暢談三小時，怕冷的我卻在回駐村中心的路上才起雞皮疙瘩，牙齒格格打顫。各自回房之前，大家相約下次一同去瑞士Looren駐村。

　　下次見她們，希望「咆哮20年代」已正式揭幕，我會徜徉在麗兒悠揚的鋼琴聲中，也會拗夏韵「煮義大利麵麵給人家吃嘛」，嗲到她喊救命。至於無敵星，病情好轉後，他急速從我的思想雷達幕上殞落。

26

真人對機器翻譯的傲慢與偏見

　　笑翻天的「機器翻譯」例子多得很，誰都能識破機翻的馬腳。呃……你真的能嗎？好，戴上獵鹿帽，拿起放大鏡，叼根電子菸斗，福爾摩斯換你當，下面這懸案給你抽絲剝繭，看你能不能揪出翻譯界的真凶、何者是機器翻的？（不排除多人犯案。）

【原文】

He was an old man who fished alone in a skiff

in the Gulf Stream and he had gone 84 days now
without taking a fish. ──《老人與海》，海明威

【翻譯】

(一) 他是一個獨自在墨西哥灣流小船上釣魚的老人，
    已經84天沒有釣到魚了。

(二) 他是一個老頭子，一個人划著一隻小船在墨西哥
    灣大海流打魚，而他已經有84天沒有捕到一條
    魚了。

(三) 他是獨自在灣流中一艘小船上捕魚的老人，到目
    前為止已經84天沒捕到一條魚。

(四) 在墨西哥灣暖流裡的一條小船上，有這麼一個獨
    自捕魚的老人，他在剛剛過去的84天裡，連一
    條魚都沒有捕到。

(五) 他這個老人，獨自划船在灣流上捕魚，已經84
    天沒有漁獲了。

(六) 那老人獨駕輕舟，在墨西哥灣暖流裡捕魚，如今
    出海已有84天，仍是一魚不獲。

（七）他是個獨自在墨西哥灣流中一條小船上釣魚的老
　　　人，至今已去了84天，一條魚也沒釣到。

　　捕魚和打魚（to fish）是泛稱，手法可包含射
魚、電魚、網魚、毒魚在內，連赤手摸魚也算。含
糊的「捕魚」能一語打遍所有魚，照英文直譯都沒
錯，但在海明威的《老人與海》裡，汪洋中的老漢
純垂釣，選項一和七的譯法較精確。其次，機器不
太可能吐出「獨駕輕舟」、「沒有漁獲」的語句，所
以也暫且排除選項五和六。剩下的二、三、四，你
覺得哪個嫌疑最大？

　　選項二獨家把and翻譯成「而」，而且「一個
老頭、一個人、一隻小船、一條魚」更有直譯的軌
跡，機器翻譯就是它，對吧？

　　錯，錯，錯。二、三、四都是真人。

　　請你再回頭，重新一條條消去。既然五和六的
文學味特別濃，以「釣魚」勝出的一和七，反而涉
有重嫌。

　　套一句神探口頭禪：華生，這是基本常識。機器翻譯已能做到大致通順的程度了。真相是：一是 Google Translate，七是有道翻譯。自詡為會走路的機翻辨識儀的你，常識到位了嗎？

　　機器生成的謬譯流傳已久，糗例多如牛毛。網路初期雅虎公司的 Babelfish 教電腦識字懂文法，採規則式翻譯，千禧年後出現以短語為基本單位的統計式翻譯，改以大量雙語文本調教電腦，如今進化到能深度學習的神經網翻譯，卻連小小一顆綠豆（mung bean）都搞不定，還不停譯成英文四季豆（green bean）（詳見〈別被貌合神離的語文損友騙了〉）。二十年如一日，機翻已成了「譏翻」，人見人呸，尤其是譯者，特別是文學譯者始終不把機器看在眼裡，觀念滯留在「乾貨」譯成 Fuck Goods 的洪荒時期，殊不知機器人已一步步拉近人機差距了。

　　外文資訊爆炸，民眾接觸久了，習慣外國句法，有些讀者已能接受部分直譯，甚至在選讀經典文學時指定要翻譯腔，不然讀不出洋味，而習於直

譯的譯者也不在少數。只不過，直譯並非新世代才掀起的風潮。記得上面「一個、一隻、一條」的選項二嗎？那譯本發表於1955年，譯者是對大海「毫無好感……最贊成荷蘭人填海」的張愛玲。

　　一開頭，谷歌和有道能確認海佬靠「釣魚」維生，預測精準，其實並非亂槍打鳥。目前的機器翻譯都海納了巨量翻譯文件，以雙語預先培訓過，版權已歸公的翻譯文學也進了鐵胃裡，因此，雖然你只輸入《老人與海》的起始句，這兩台機器就能逆料，海明威筆下的老漁夫既不撒網也不「打魚」。

　　先撇開谷歌不談，有道翻譯的套路值得玩味。有道的機翻成品和吳勞譯本幾乎一字不差，只以「釣到」置換吳譯的「逮住」。輸入《大亨小傳》原文的頭一段，有道瞬間翻出「這個世界上的人並非都具備你稟有的條件」，摘自王晉華譯本。《傲慢與偏見》（*Pride and Prejudice*）的開篇金句被有道譯成：「凡是有錢的單身漢，總想娶位太太，這已經成了一條舉世公認的真理」，更是全句原封不動的

王科一版。舉世公認的真理是機器無法勝任文學翻譯，對是對啦，但可沒人說機器不能偷瞄照抄喔。

近幾年以來，Google的句子翻譯確實進步不少。Google官方部落格曾舉例如下。（原文摘自新聞報導，主旨為地方政府正視LED街燈是否有害健康。）

【原文】

Similar concerns have been raised over the past few years, but the AMA report adds credence to the issue and is likely to prompt cities and states to reevaluate the intensity of LED lights they install.

【翻譯】

● 早期統計式翻譯：類似的擔憂已經提出，在過去的幾年中，但AMA報告補充可信的問題，並可能促使城市和國家重新評估他們安裝LED燈的亮度。

- 新型神經網翻譯：在過去的幾年裡，人們也提出了類似的擔憂，但是AMA的報告增加了這一問題的可信度，並可能促使城市和州重新評估他們安裝的LED燈的亮度。

- 人工翻譯：在過去的幾年裡，人們也提出了類似的擔憂，但是AMA的報告增加了這一問題的可信度，並可能促使城市和州重新評估他們安裝的LED燈的強度。

阿媽（AMA）是啥東東？新型Google機翻可說是直逼真人了，可惜還有精進的空間。請接著參考以下的翻譯：

在過去幾年中，類似的擔憂已經被提出，但美國醫學協會的報告增加了這個問題的可信度，並可能促使各都市和各州重新評估他們安裝的LED燈的亮度。

「被提出」比不上「人們」，但這次正確翻譯出其他版本偷懶沒譯的「美國醫學協會」，「各都市和各州」也勝過「城市和州」，比上述的人工示範翻譯還強。掌聲鼓勵鼓勵尚未推出繁中版的DeepL翻譯網站。

精挑幾個例子就嚷嚷人工翻譯末日到了，小譯者我可能被罵以偏概全，但單看誤譯就恥笑機器無能，不也是偏見？如果再加上身為血肉之軀的傲慢，豈不誤入「傲慢阻止別人愛我，偏見阻止我愛別人」的死衚衕？是的，這句也有勞機器代工。沒錯，機器已能整本翻譯文學作品，然而能字字講進心坎的機翻譯本近幾年不會有，恐怕有生之年還看不到。其他領域呢？暖手蛋使用說明書清楚易懂就好，又不必寫得溫婉壯闊才有人讀。

最原始的升降機是用手拉的，工業革命後進步到蒸汽動力和液壓式，最後晉級為電梯，每階段都再三強調是「安全」升降機，因為19世紀阿兜仔普遍不敢踏進忽高忽低的密室，電梯全自動化之

初更乏人問津。「翻譯機械化」遇阻力是很正常的事，何況統計式機翻根本青銅器時代概念，2016年Google宣布推出神經網，機翻才堂堂邁入一語多譯的智慧元年，許多小語種不再透過英語二手翻譯。到了2020年，自然語文生成器「GPT-3」問世，中文也有號稱更強大的「悟道」，語言業界紛紛採用，結合既有翻譯平台，相輔相成，機器翻譯的語句勢必變得更溜，神經網機器翻譯就快被尊稱「神機譯™」了，今天堅拒超前部署的譯者，有朝一日恐將淪為譯界恐龍。

　　所以，下次見爛譯就幹譙「明顯機器翻譯啊」之前，請先拿起獵鹿帽，戴好戴滿，握緊放大鏡明察秋毫，可別侮辱到機器和自己了。

　　至於機器人的殺手鐧是什麼，死穴在哪裡，哪個譯者的飯碗就快中鏢了？且待下回分解。

《老人與海》解答：

(一) 他是一個獨自在墨西哥灣流小船上釣魚的老

人，已經84天沒有釣到魚了。（Google）

(二) 他是一個老頭子，一個人划著一隻小船在墨西哥灣大海流打魚，而他已經有84天沒有捕到一條魚了。（張愛玲）

(三) 他是獨自在灣流中一艘小船上捕魚的老人，到目前為止已經84天沒捕到一條魚。（林捷逸）

(四) 在墨西哥灣暖流裡的一條小船上，有這麼一個獨自捕魚的老人，他在剛剛過去的84天裡，連一條魚都沒有捕到。（陳加雞）

(五) 他這個老人，獨自划船在灣流上捕魚，已經84天沒有漁獲了。（傅凱羚）

(六) 那老人獨駕輕舟，在墨西哥灣暖流裡捕魚，如今出海已有84天，仍是一魚不獲。（余光中）

(七) 他是個獨自在墨西哥灣流中一條小船上釣魚的老人，至今已去了84天，一條魚也沒釣到。（有道）

27

機翻普及化，
哪種譯者會被取代？

在德國駐村期間（詳見第24章），我遇到幾位荷蘭譯者，聽他們大吐德荷文互譯的苦水，我當下暗中嘀咕，德文荷文同語系又是鄰國，文化幾乎零隔閡，太便宜你們了。其實，我腦子瞬間興起一個更惡毒的念頭：德荷文這麼相近，很容易用機器翻譯吧？機翻普及化之後，你們沒苦水可吐，恐怕等著喝西北風喔。

八年後，我訪問到《X檔案》（*The X-Files*）影集的德文譯者Olaf Knechten，他表示，德荷語之

間貌合神離的「偽友」字彙超多，機器翻譯常犯直譯的錯誤，但 DeepL 網翻很擅長某些語言配對，主要是在技術文件翻譯方面。他倒是還沒聽過德荷語譯者被機器取代的例子，只不過他相當確定，奇幻小說和羅曼史的某些譯者已偷偷結合線上翻譯和電腦輔助翻譯工具。他以前常接行銷業的筆譯案，現在沒得接了，因為競爭激烈，不惜以破盤價接案的技術文件譯者太多。

　　近親語種都還沒被機器取代，那中英文譯者大可放一百個心，對不對？最接近英語的語種是荷蘭文，等荷翻英的譯者絕跡了，再緊張也還來得及，不是嗎？先放一個心，可以。機器翻譯最擅長的配對其實不是同語系的近親，而是先進國家、人丁浩繁的大語種。以最常用的機器翻譯「BLEU 評分法」來判斷（用程式來為機翻評分……呃，怎麼沒設避嫌條款？不管了，總之是業界和學界的作法，詳情見下一章），得分愈高，就愈接近人工翻譯品質，中、英、西、法、德、俄文的評分都不低，在多數

研究裡徘徊在30～40分上下：尚可理解，還沒到優質翻譯的水準。60分以上才可和人類一較長短。BLEU分數最常領先其他語種的是「英翻法」或「法翻英」，換言之，最該剉咧等的是法國和加拿大法語區譯者。

　　加拿大是英法雙語國家，法律明定官方文書一律雙語併陳，因此翻譯屬於國家基礎產業，如果英法譯者生計拉警報，率先領悟到苗頭不對的族群可能是加拿大人。然而，加拿大譯者也沒集體換跑道的跡象，甚至名校麥吉爾（McGill）大學還推出「法律翻譯學程」，首頁以大字宣傳，未來十年國內翻譯就業市場將成長6.3％，呼應美國政府發布未來五年翻譯營收將成長10％的長紅行情。緊接在就業市場看好的標榜文之後，麥吉爾又打出：認為法律翻譯將持續成長的翻譯社有31.4％。哇靠，三成多耶，不得了。但進一步推敲，這表示近七成的翻譯公司不看好法律圈的人工翻譯。

　　北美訴訟過程中，有個初步程序叫

e-discovery，意思是挖掘當事人把柄——電郵、簡訊、社交媒體貼文、影音檔、PDF文件，做為佐證資訊。由於這方面資料龐雜，以垃圾居多，由軟體先翻譯過濾，然後再以關鍵字查詢機翻出來的成果，用機械手臂前後爬梳一番，從中抓取鐵證，最後才發給人類審查或精譯，省時省事，最重要的是省錢，難怪翻譯社多半預見人力聘用將走下坡。

不只是e-discovery，律師事務所的內部文件也可仰仗機器。住聖荷西的同步口譯員廖克煌（Eric Liao，《背離親緣》〔*Far from the Tree*〕譯文審定者）某次接筆譯，客戶是一位律師，有1萬8000字的文件找他英翻中，限三天內交件，廖說太趕，律師叫他先網翻後自行修改。他比對谷歌和DeepL，在兩者之間擇優選用。廖克煌表示，雖然DeepL只有簡中，但程式建立在高品質的官方文件和聯合國譯本上，譯文大抵比谷歌強，他最後總算如期交稿。

儘管內部文件和初步蒐證可向機器人跪求譯

文，關鍵的翻譯仍然非找真人不可，例如法庭口譯和檢辯方取證，除了極少數案子外，都一律請法院認證的合格譯者出馬，所以「法院譯者」的飯碗仍能緊抱好幾年無憂。一般機翻口譯品質遠遜於書面的機翻，曾在 eBay、PayPal、Apple 上班的廖克煌認為，最先被淘汰的不是哪個語言的口譯，而是拒絕與時俱進的族群，例如拒絕視訊的老前輩，以及捨不得買耳機、麥克風、第二台電腦（可見廖克煌所寫的：〈視訊時代的 3C 結合術〉）的摳門譯者，因為他估計現在和將來，口譯案半數會在線上進行。

　　大家熟知的機器翻譯是免費網翻，谷歌、微軟 Bing、小牛、有道、騰訊、蘋果手機 app、臉書年糕、Skype 翻譯交談都唾手可得，邊用邊罵的人不在少數，但大家不得不同意的是，透過這些免費工具，外文講什麼，我們從機翻出來的破中文拼湊看，約略有點概念，總比一個字都看不懂好。在業界，付費使用的機器翻譯能針對產業類別客製一套

「保密速譯平台」，能讓公司行號輸入業界術語，藉新式神經網跳過中介語言（以英文為主）一語多譯，不再掉入接力翻譯的黑洞（詳見〈小語種譯者難尋，二手轉譯又暗藏陷阱！〉），更能順便管理產品SKU，也可以做SEO提升搜尋能見度，一舉數得，文科出身的譯者在這方面尷得過機器的請舉手。機器若出錯，關鍵譯文還有真人開刀「譯後編修」（post-editing）。譯者有誰敢擔保敲鍵盤的兩隻手永不誤翻漏譯？

　　譯者還沒開始被機器人取代，就業市場卻已漸次轉型中。瀏覽一下亞馬遜徵才網站可發現，亞馬遜的翻譯團隊正在徵英翻荷專精譯者，工作項目包括校對並審查人工譯文、促進機翻品質、修改被機器譯出來的產品資訊網頁，並且偶爾提供人工翻譯，懂法、德、西語者更好。基本月薪1800歐元，台幣約5萬6000。嫌少？再不順應機翻趨勢，再不精進職能，譯者的路只會愈走愈窄，將來連5萬6000也領不到。人工翻譯淪落到工作內容倒數第二

Amazon is offering teams more flexibility on where to work. Read more from Amazon CEO, Andy Jassy.

Translation Specialist (EN-NL)
Job ID: 1855903 | Amazon /Slovakia/ s.r.o.

Apply now

DESCRIPTION

Job summary

Are you looking to work in one of the most innovative and customer-centric businesses on earth? Does joining a multicultural team of Translation, Proofreading and Outsourcing Specialists sound appealing to you? Do you have a passion for learning and developing yourself and others? Then consider joining the Amazon Localization Team, and help us contribute to expanding product selection across international platforms.

Amazon is currently looking for a motivated and talented linguist to join our team as an EN to NL Translation Specialist. The successful candidate will be well organized, independent professional passionate about delivering the right level of quality of translations (both machine-generated and human) to our customers. They must have the ability to communicate well with colleagues, external partners and other stakeholders and be able to provide a comprehensive structured feedback based on data and supported by sound knowledge of MQM processes and guidelines. They will be comfortable working in an international, fast-paced environment, where change and ambiguity are present as we constantly grow, improve, and innovate.

Key responsibilities:

· Conduct quality checks by proofreading/reviewing linguistic work from freelancer translators, peers and other external vendors to ensure adherence to customer's and company's quality standards.
· Control and improve machine-translation engines' quality by assessing output and providing linguistic feedback.
· Provide feedback and linguistic coaching to your peers, freelance translators and other external vendors and engage in quality improvement initiatives when needed.
· Post-edit machine-translated product detail pages in an efficient way to increase the product availability for the customer in their preferred language.
· Monitor external vendor quality progress, investigate quality variations and develop and implement measures to drive quality improvement in collaboration with other internal teams.
· Occasionally, provide manual translation during the launch phase of a new language combination
· Depending on the group's needs and your own skills and inclinations, support our leadership, business and tech teams by taking an active part in training, project / program management, etc.

Amazon is an equal opportunities employer. We believe passionately that employing a diverse workforce is central to our success. We make recruiting decisions based on your experience and skills, and embrace non-traditional paths to achieve the required competences. We value your passion to discover, invent, simplify and build. We don't expect any individual to be able to do everything, we work as a team with each member bringing their unique skills to the mix and strengthening the whole. We dedicate time and effort to training our people to help them succeed in their role and grow their career.

Base pay for this position starts from EUR 1800 gross per month and salary depends on the skills and requirements, there will be further pay components such as a sign on bonus and the eligibility to participate in a restricted stock unit scheme operated independently by Amazon.com Inc. in USA. Company benefits apply subject to further terms, including annual membership in medical clinic, life insurance, retirement pension, meal voucher card, career development.

BASIC QUALIFICATIONS

· Dutch at a native level
· Able to work from English to Dutch
· Fully-functional oral and written communication skills in English
· A great deal of personal initiative, decisiveness and independence
· Strong and structured communication & exceptional collaboration skills
· Flexibility, proven ability to prioritize and work towards deadlines
· Strong working knowledge of CAT tools, MS Word and MS Excel, Outlook

PREFERRED QUALIFICATIONS

· Able to work from English, Spanish, German or French to Dutch
· Ability to make logical decisions while performing tasks even when provided information is ambiguous
· Previous experience in proofreading or post-editing of machine-translated content is a great advantage
· Strong analytical, writing and editorial skills
· Working knowledge of SQL and expert level of Excel is a strong advantage
· Working knowledge of programming languages (preferably python)

Job details

📍 Bratislava, Slovakia

👥 Translation Team

🏢 Editorial, Writing, & Content Management

Share this job

Related jobs

Classification Specialist with French
SK, Bratislava

Classification Specialist with German
SK, Bratislava

German Translation Specialist (EN-DE), Translation Services
SK, Bratislava

Translation Specialist (DE/EN-NL)
SK, Bratislava

Manager - Program Management
SK, Bratislava

亞馬遜網站徵英翻
荷譯者，「人工翻
譯」工作淪為倒數
第二項。

條，而且只是偶一為之，對於苦練翻譯功、其他技能樣樣都缺的譯者而言，最後被邊緣化只能怪自己才疏學淺，不能怪機器劣幣驅逐人工良幣。

　　唉，實在跟機器處不來？那就投身各界公認最不可能被取代的文學翻譯吧。只不過，專職的文學譯者又能撐多久呢？

　　下一章將分析綠豆錯在哪裡、BLEU如何評分、更請到微軟機翻部門前主管預言人工譯者的前景。

28

人工譯者的金鐘罩是什麼？

　　原籍德國的柯立洋（Chris Wendt）住西雅圖近郊，有兩個十幾歲的女兒，他不希望女兒立志當譯者。

　　柯立洋精通英德語，曾在微軟機器翻譯部門擔任Group Program主管15年，客戶包括福斯汽車和KPMG會計師事務所，任內微軟機翻部門擴展至100餘種語言。他表示，以當今整體翻譯市場而言，機翻字數的比例已超出人工1000倍。身為華人女婿的他明瞭，儘管女兒是雙語族，等她們走到事

業巔峰期，人工翻譯只在小語種領域才吃得開。

　　「假如我女兒堅持走翻譯這條路，」Chris說，「我只能建議她們從事荷韓語互譯，因為這兩種語言的搭配會比中英活更久。」大語種是機器翻譯的強項（詳見〈機翻普及化，哪種譯者會被取代？〉），經濟文化強勢的小語種譯者終有鹹魚翻身的一天。拉長時空來看，小語種才是利多的長尾語言。

　　機翻的優勢在於量產，枯燥單調的資料再多，也不會翻譯到盹龜（tuh-ku）。人類譯者再強，能一天拚完密密麻麻三百頁的有幾個？能日復一日這樣操嗎？政經醫法數理工農跨學科術語一把罩的中英譯者又有多少？即使有，誰敢跟機器較車（kà-tshia）？

　　機器翻譯演化到神機譯（Neural MT），應用更先進的Transformer深度學習模式，搭配GPT-3自然語言生成器，雖然還稱不上人工智慧，但譯文機械味已逐漸消退，有些句子已能通過圖靈測試

（Turing Test），能以假亂真，難怪業界唱衰大語種譯者，誇口機翻已能和人工相抗衡的論述也時有所聞。

Google搶先在2016年推出神經網機器翻譯，業配論文裡含蓄帶過一句：已經可以媲美人工了。隔兩年，微軟跟進，這次聚焦在中翻英，論文宣稱機翻「幾乎和人工翻譯不相上下」，媒體以醒目的標題報導：「機翻已能追平人類」。到了2020年，捷克更聲稱CUBBITT機器翻譯已經比人類厲害。捷克，這真的太神奇了。

以機器翻譯為題的研究很多，位於京都的情報通信研究機構蒐集近十年的學術論文，分析後發現，採用「BLEU評分法」審核機翻品質的論文多達98.8%，只用BLEU、不找真人評比的也有74%。

BLEU全名是「雙語評鑑替代法」，靠演算法分析譯文，重點擺在「字串相似度」，迥異於肉眼判斷翻譯品質的準則。概略而言，機器能譯對一句話其中幾個字就算及格，可直譯就採直譯，有

創意的正確譯法不但不加分，反而會遭倒扣。例如，原文He paid someone to take his online test，你譯成「他找槍手上網代考」，沒照雙語詞庫翻出「付錢」、「某人」、「參加」、「線上考試」，還用了「槍手」這個有雙重定義的俗稱，機器可能判你全句通通翻錯。

機器為機器當裁判有失公允，請血肉之軀來評估就客觀多了，可惜找素人評估也要看對象。評審機翻品質為了降低成本，學者通常找血汗工或微工人來判定，批發價揪來的人手文字素養高低不等，參考價值堪議。反過來說，捨得花錢的學者請專業譯者當評審，譯者明顯偏袒人工譯文，也會產生誤差值。

細查機器翻譯論文也可發現，不少學者叫機器翻譯的原文並非原文。以中翻英研究為例，測試用的中文其實是事先從英語譯成中文的文章，叫機器回譯成英文當然容易。懂雙語的資工學者未必懂翻譯，犯這種錯無可厚非，但不懂翻譯的學者寫翻

譯論文，就算主題是機器翻譯，信服力恐怕也會大打折扣。神機譯是編碼解碼的程序，真人翻譯是憑情境置換語言，兩者的原理南轅北轍，技客不懂翻譯卻為機翻寫程式想必也是日常。雙語人客串當譯者，翻得磕磕絆絆的也大有人在，編碼解碼能破解箇中奧祕嗎？

　　譯者會不會被取代？精通中英文的小孩，到底能不能再以譯者為終身志願？文學界的看法比較樂觀。神經網機器翻譯再神，可能也扳不倒藝文界的譯者。我曾以《老人與海》首句為例，一較人機翻譯的高下（詳見：〈真人對機器的傲慢與偏見〉），格局太綠豆芝麻，都柏林市立大學擴大規模針對文學做研究，先灌1000本加泰隆尼亞語小說和1600本英語小說，再餵機器吃133本英加雙語小說，加以訓練，然後另外找英翻加的《麥田捕手》、《一九八四》和《哈利波特 (7) 死神的聖物》人工譯本，請非譯者的英加雙語民眾比對機翻文發現，神機譯的品質最高只達人工水準的34%，換言之，在

最佳的情況下，每三句就有兩句不堪一讀。

　　十個月後，同一組學者再針對譯後編修（post-editing）發表論文，顯示所有受測員都寧可自己從頭翻譯，因為束縛較少，能自由發揮創意。然而受測員也承認，趕時間的情況下可用機翻，但不會主動擔任譯後編輯者。

　　機翻普及，譯後編修員日漸吃重，角色雖和譯者部分重疊，但工作內容比翻譯複雜，非用輔助翻譯軟體不可，還得協助改進機翻效能，活脫是一門新興職別。校對人工譯文時，編輯將心比心，還猜得出譯者為什麼這樣翻，改得辛苦卻也不至於傻眼。譯者漏譯的現象很常見，神機譯也會跳針跳譯，譯後編輯面對頻出怪招的機翻文，猜不透機器的邏輯，一個頭不只兩個大。此外，譯後編輯的時薪未必比得上譯者，所以徵才廣告美其名「語言專家」、「專業翻譯」才有求職者點閱，雙語人士還是樂於當譯者，繼續緊抓綠豆翻譯成四季豆的小辮子，看扁機翻。

　　還在嫌機器翻譯爛？容我在此為機翻辯護一句：是你用錯了好不好。以中文綠豆（mung bean）為例，翻譯軟體多數直譯為英文 green bean（四季豆），但如果你多打一個字，輸入「綠豆沙」或「綠豆芽」，譯成 green bean 的錯例變少。剪貼一整段介紹綠豆芽的文章或食譜後，正解 mung bean 再下幾城。再接再厲，原文如果是介紹綠豆的維基英文專頁，所有中譯頓時滿江綠（如下圖）。由此可見，機翻有時搞不清楚單字短語，以為中文「綠豆」泛指「綠色的豆子」，使用者應多提供一些上下文，輸入一整篇被引用頻繁的優質文章，更能敲醒它們裝滿 0 與 1 的腦袋。但在講求秒譯的現代，為了一個單字剪貼一整篇文章，太苛求使用者了吧。

	Bing	百度	Apple	DeepL	有道	搜狗	騰訊	Google	小牛
green bean	四季豆	青刀豆	綠豆	綠豆	綠豆	四季豆	青刀豆	綠豆	綠豆
綠豆	mung bean	mung bean	mung beans	mung bean	mung bean	mung bean	Phaseolus vulgaris	green beans	beans
綠豆沙	mung bean paste	mung bean paste	mung bean paste	mung bean paste	green bean paste	green bean paste	bean paste		Green bean paste	bean paste
綠豆芽	mung bean sprout	mung bean sprout	mung bean sprout	mung bean sprout	mungbean sprout	beansprouts	bean sprouts		Green bean sprout	bean sprouts
(阿嬤滷拌) 綠豆芽	mung bean sprout	mung bean sprout	mung bean sprout	mung bean sprout	mung bean sprout	mung bean sprout	bean sprouts	mung bean sprout	bean sprouts
維基 Mung bean	綠豆	綠豆	綠豆	綠豆	綠豆	綠豆	綠豆	綠豆	綠豆

輸入愈詳盡，機翻愈準確。（製表／宋瑛堂）

　　免費網翻令人詬病多年，付費使用的機翻水準絕對遠高於網翻。以業界付費使用的翻譯平台而言，主事者可教機器學習專業詞彙，排除雜訊，讓譯文品質從地下室爬升到一樓甚至二樓。機器學習的效果多強？以早期的線上翻譯來說，中藥的英譯名一塌糊塗，因為當時的機翻缺乏中英文對照的生科專業知識庫，但如今，根據俄勒岡州立大學副教授黃亮（Liang Huang）研究，只需灌4000句生科界的中英文本，英翻中的評分就能陡升25.3分，中翻英也提高13.4分，可見機翻不見得笨。

　　疫情爆發前夕，歐盟曾針對中小企業廣發問卷，回收近3000份，其中七成認為機器能勝任「蒐集行銷資料」、「社交媒體運用」、「瞭解網頁」，但也有多達七成中小企業認為，合約協商、簽約、化解交易糾紛仍需借重人工翻譯。最讓我好奇的是，居然有17%的中小企業已能放心把合約交給機翻處理，未來能攀升到幾成？法律界除了e-discovery程序和內部文件之外（詳見〈機翻普及化，哪種譯者

會被取代？〉），下一個被機器鯨吞的類別是什麼？
目前能讓機器完全自動化的機翻大多是次次要的內
容，遇關鍵文件時，業者強調「人入」（human in
the loop）的譯文生產流程，各個環節都有人力插
手介入，何況前置期的訓練階段也要加載純人工譯
文範本，以供程式參考，這些步驟都要譯者提筆上
陣，換言之人類依然是主子，機器還得聽人類發號
施令。

　　假如機器喧賓奪主的一天果真來臨了，人類
怎麼辦？全部由機器人組裝的車子很多，大家還不
是照買照開照坐，沒啥好怕的。西班牙籍譯者告訴
我，國內加泰隆尼亞地區最大報 *La Vanguardia* 已
經全面機翻，多數加泰隆尼亞語閱報人已見怪不
怪。覺得機械味沒啥好怕的人愈來愈多，譯文加註
「機器翻譯」更能取得諒解，可是，文學譯本的讀
者眼裡容不下一粒機械沙，高品質影視字幕略帶機
械腔會倒盡胃口。40年後，就算神機譯本真的追平
人類，就算《哈利波特》機器譯本問世，中英文翻

譯真如業者預言江河日下，佔的比例愈來愈小，台灣的文學譯者仍然走得下去，因為台文也是一種長尾語言，是未來文學譯者的金鐘罩，畢竟遲至五年前，也沒人逆料今天會颳起行星尺度級的韓流。而台語文化想放眼國際，就不能不靠現在立志以翻譯為終身職的台灣小孩。

29

讀者來踢館！
—— 一支支正中譯者眉心的暗箭
（譯者一言難盡……）

排隊，為什麼老選到最龜速的一行？眼看左右兩行結帳乾淨俐落，通關比通馬桶還快，我排到的這一行卻不動就是不動。為什麼？因為兩三下就輪到我時，我忙著裝袋刷卡，哪有空注意左右兩行的快慢。不是我總排到牛車道，而是我搭上子彈列車時，過關偶爾會回頭看俊男美女，但永遠不會記得蝸步爬行的可憐蟲。

讀譯本也有類似的情境。閱讀譯本毫無障礙時，你全心沉浸書中世界，不會留意到譯者，這正

是「譯者即忍者」的底蘊。譯得好，你讀得順暢，
自然不會留意到翻譯人的巧手。幕後影武者一直被
讀者看穿，不就破功了嗎？

　　穿幫還不打緊，挨讀者惡評更傷。

　　「不知作者還是翻譯有問題，閱讀時非常痛
　　苦，講了一堆話卻沒什麼內容，學不到什麼，
　　浪費金錢！！！浪費時間！！！」──劉先生

　　自稱劉先生的這讀者偏愛股票投資書，不到一
年的期間，他接連對八本下評語，一星評價居多，
卻偏袒一本某人以筆名發表的著作。獨得五星的這
本是不是他寫的，我不清楚，但「可能是翻譯的關
係」這類評語，是一支支正中譯者眉心的暗箭，一
語註銷譯者幾個月的苦勞，否定專業。給這樣的評
語，叫譯者怎麼回應？「學不到什麼」是作者言之
無物，譯者能無中生有嗎？你寫了一堆字卻沒什麼
內容，浪費時間，不也砸到自己的痛腳了？？？

　　至於較具體的評語，有些更讓譯者啞然。

●「句點太多」？

　　原文的句點一樣多，短句有短句的停頓效果，是作者風格，譯者無權更改。有些次要標點符號倒是可視情況縮減，譯本的分號、破折號繁多，原文可能更多幾倍。

●「連書名都翻錯」？

　　抱歉，譯者翻譯的書名僅供編輯參考，譯本的命名有行銷考量，裁決權在主編，有些作者也會插手，小譯者算老幾，交稿領到稿酬急著去繳房租買奶粉，不爽也得接受。美術驚悚小說 *The Music Lesson* 直譯成「音樂課的啟示」，絕對不比《我綁架了維梅爾》搶眼。

●「機器翻譯無誤」？

　　機器厲害到什麼程度，請參考〈真人對機器翻

譯的傲慢與偏見〉一文，可別侮辱到機器和自己。

●「freshman怎麼翻成新鮮人」？

譯稿賣進簡中市場，出版社不需徵求譯者同意，出了簡體版也用不著通知譯者。而且，只換字體不精修用語，是在地編輯疏忽或認知和你不同，不能怪譯者。

●「和譯者以前的風格不一樣」？

欸，作者不同，翻譯換一個風格很正常，這表示譯者真正把原作讀進心坎裡，映照在譯筆上。

●「捨不得心愛的作者被亂翻」？

作者前後期風格丕變是常態，作家鹹魚翻身後，譯本也常有舊作新出、次序顛倒的情形。此外，有些作者排斥寫續集，拗不過讀者要求，於是瞎掰敷衍交差，你知道嗎？

●「翻譯太爛，電影比較好看」？

紙本和影視版是不同類型的創作，不然你去找編劇來PK譯者，譯者更想罵編劇亂改情節、合併角色、捅一刀變爆腦、內心戲變車床戰。

●「還是某某譯本比較好」？

譯者的稿子連自己隔天潤稿就看不順眼了，跨時空有更好的譯本不稀罕。然而，只說「比較好」卻講不出哪方面更勝一籌，只會削弱你個人論點的氣勢。批判具體一點，譯者日後作品才會精進，你的高見也比較站得住腳。

●「專業術語太多」？

頻頻加註腳，反而被學有專精的人嫌畫蛇添足，輕視讀者，不說明又怕燒腦折騰外行，逼讀者乾吞新知。品牌、公司、藝名、頭文字等等的專有名詞，硬譯出來，反而害內行人看不懂，不譯又招來「譯者偷懶，英文太多」的譏諷，譯者好為難。

　　無奈歸無奈，這些評語顯示讀者真的讀了譯本才抒發怨氣，最奇怪的是有一種人，不知到底是不是讀者，總喜歡蹦進來歪樓，丟一句「建議讀原文書」就走。這款人聽窮學生討論萬元以下手機CP值，大概會勸他們乾脆買一輛Tesla。既然懂原文，何不體貼一點，列出原著才讀得到的好料？精通到可以原文讀透透，為什麼還寫中文來討論中文版？在此誠心建議這些人，去逛逛亞馬遜或Goodreads，用英文跟老外長談，既能刷存在感，成就感也必定井噴。在我通過日語能力一級考的隔年，我讀了村上春樹《国境の南　太陽の西》和夏目漱石《吾輩は猫である》，字典查到手軟，敘事大致是懂了，但我承認自己沒讀到精髓，只能憑想像力去感受角色的心境，邊讀邊想對照賴明珠譯本，更不敢誇口自己能翻譯日文書。「建議讀原文書」的人比我當年日文強多少，我很好奇。如果是同業相輕相嫉，翻譯界是老實好欺負的一盤散沙，相煎何太急？

　　看過超馬跑者和百米健將同場較勁嗎？我沒看過，我倒常見高手挑書中幾個字找譯者踹共。翻譯一整本書動輒幾個月，交稿前被操到眼皮撐不開，字斟句酌的心意有，可惜已跑到力不從心，最後累趴終點線上。外語達人在家喝咖啡讀閒書，邊摳鼻屎邊抓蟲，揪出幾字幾句左思右想，跑贏馬拉松譯者了振臂歡呼，回頭還冷眼鄙視倒地殘喘的對手，但以百米尬超馬是拿芭樂比富士蘋果，跑錯項目了。更何況，摘譯見樹不見林，斷章取義的評語看不出譯者全方位的深思布局。有膽有能耐，就從頭到尾譯完同一本，限半年內交稿，兩版並陳，實力耐力立見高下。沒本事的人嗑牙打嘴砲，還說得過去，有實力者憑兩三句論人長短，跟打嘴砲根本半斤八兩。

　　撇開譯文優劣不談，有時候，讀者讀得高興，給三星以上的好評，就算沒提到翻譯，譯者也甜在心中，深感遇到知音了。甚至在讀者不提翻譯、單純對書的內容給負評，如果呼應到我個人對原著的

讀後感，我也覺得自己盡到了傳達原作的義務。反過來說，如果讀者稱讚譯者，譯者往往該自省是否譯筆太炫，是不是成了露出馬腳的忍者。

　　多年前，我翻譯一本現代大都會飲食男女的小說，故事裡有個大姐頭，講話文縐縐，愛賣弄文學底子，不少原文書的讀者痛批這角色言語不符合現實，讀不下去。可惜，這些英文讀者再撐幾十頁才會領悟，原來大姐頭是情場心機小人，講話矯揉造作是作者預埋的伏筆。結果，我推出拙譯之後，同樣的怨言也罵到我頭上：「翻的不像真人對話」，我卻隱隱感到欣慰。另外，美國許多小學指定閱讀的經典圖像文學《鼠族》（Maus）被批評：「翻譯有點出戲，很多狀語刻意倒裝。這種翻譯腔反倒讓我想起了一位飽經戰亂飢荒的長輩的說話方式……」我看了竟感動到差點落淚。倒裝確實是我刻意的譯法，例如「對！非吃完不可，盤裡的飯菜，沒例外。」《鼠族》作者波蘭籍父親英語不合語法，我用的倒裝句正是揣摩先父的察哈爾省腔。

　　譯文不順、出戲、帶翻譯腔，讀者像選錯車道的駕駛人，一直卡一直罵「翻譯品質愈來愈差了」，其實翻譯界不是每況愈下，而是你讀到快車道時，多半不會意識到行文多順溜。存心打混、趕時間不顧品質的劣譯不是沒有，但我深信，絕大多數譯者見批判都願虛心受教，畢竟翻譯是一段學到老的旅程，馬不停蹄地學，轉個彎就吸收到新知，有高人指正是譯者之福，自滿自大的譯者遲早會撞上鬼打牆。然而，批判和謾罵是兩回事。只吐得出「爛」、「差勁」卻舉不出例證，表示罵者的語感也沒好到能霸氣論譯文良窳。

　　想討論翻譯，與其躲在化名盾牌後面無的放矢，我建議讀者，不如直接聯繫譯者或出版社，譯者多數樂意回應。讀者來信教導我不少寶貴難忘的知識，例如《聖經》裡魔鬼送給夏娃亞當吃的不是蘋果（詳見〈翡冷翠不冷不翠，音譯地名不簡單〉），hot water bottle 和熱水瓶差很大（詳見〈別被貌合神離的語文損友騙了〉）。但讀者要瞭解，暢

銷書譯者不一定每信必回，多產譯者一年發表好幾本，也未必記得九年前翻譯哪本書裡的哪個配角講哪句話在影射什麼。家父癌末那段期間，我從溫哥華搬回台灣之前譯完一本書，決定以筆名發表，為的就是不願再觸景傷情，讀者再怎麼問我也一概冷處理，請讀者諒解。譯者也是人。

　　新聞說週末會放晴，你籌備了一整個禮拜，去露營曬了太陽兩天，玩得好盡興，不會發文感謝預報神準。颱風路徑潛勢指向東北角卻轉為穿心颱，才有人怒飆氣象台老是摃龜。譯者也有同樣的冷暖。作品好，是作者寫得好，功勞全歸給作者；難讀，都是翻譯爛。糾錯不揚善就算了，譯者不計較，但鄉民白目的調調呢？恕我語感不夠，只能一字回敬：「遜」。

銘謝

西方新作者常自稱是個嚮往作家世界的小孩，鼻尖貼著玻璃，對著出版界櫥窗巴望多年，終於能一了心願，跨進門檻。

以譯者身分登上書封百餘次的我，為人作嫁久了，企圖心其實沒那麼強，有幸以作者身分出書，可說是誤打誤撞之中無心插柳。

病毒剛滲透美國之初，我陷入不停找新聞讀的惡性循環，擱著兩三本待譯的書怠工，回絕線上口譯的機會，讀閒書、看Netflix、運動都提不起興致，幸好在博客來Okapi編輯郭上嘉溫柔鞭策下，我開始動筆寫翻譯專欄，所以本書的天字第一號功臣是他。多謝你了，多馬。

　　緊接著要感謝臉譜副總編輯謝至平和編輯許舒涵。若非兩位主動詢問我意願，我壓根沒想過專欄文章能踏出Okapi原生林。寫作印成白紙黑字這檔子事，我先前只在英文報幹過，如今能回頭以母語發表著作，算是在創作生涯完滿歸回原點。

　　30餘年來翻譯這麼多書，給予我源源不絕的探討題材，長年器重我的編輯功不可沒，時報總編輯嘉世強、春天總編輯莊宜勳、麥田主編徐凡、麥田副總編巫維珍、遠流總編輯林馨琴，感謝你們讓我書子書孫滿堂。此外，新經典文化總編輯葉美瑤也在出書階段給我不少指點，是我闖蕩出版界的好嚮導。

　　寫作過程接受我採訪、惠賜高見的的各界達人，在文章裡已具名，我在此一併感謝。我也謝謝老友譯者陳佳琳和中興大學副教授劉鳳芯貢獻點子，催生第一篇稿子。幕後技術支援過我的顧問大軍：師大翻譯所教授賴慈芸以及副教授汝明麗、德語Claudia Cabrera、西班牙語Ana Laura Magis

Weinberg，法語Madeleine Stratford、粵語鄭志文、韓語朴康淳，以及邱逸禎、辜俊豪、邱柏崎、彭雅慧、Grant Hayter-Menzies、陳仕芸，以及教我《聖經》禁果非蘋果的周怡廷，都曾開導過我。書中的知識若超出我專業，全是各位的功勞。

謝完了益友，當然也要謝良師。英文啟蒙師台南永仁國中張淑楨，南一中郭耿村、王靖娟、林鴻圖，大三翻譯課廖朝陽教授，大四口譯課周滿華和關思，感激各位恩師在我學步階段引領我前進。

字多麼微薄，盼以上各位能笑納。

我時刻感念在心的是資深媒體人兼牽手Vince Patton，在我和文字纏鬥時對我體恤提攜。你雖然看不懂書裡的鬼畫符，這書的字字背後都寫你。

宋瑛堂

2022 年 10 月 2 日

美國俄勒岡州

國家圖書館出版品預行編目資料

譯者即叛徒?:從翻譯的陷阱、多元文化轉換、
翻譯工作實況……資深文學譯者30餘年從業甘
苦的真實分享／宋瑛堂著. -- 一版. -- 臺北市：
臉譜出版：英屬蓋曼群島商家庭傳媒股份有限公
司城邦分公司發行, 2022.12
面；公分. --（臉譜書房；FS0158）
ISBN 978-626-315-212-0（平裝）
1.CST: 翻譯
811.7   111016786